北京汉阅传播
Beijing Han-read Culture

IKENAMI SHOTARO

池波正太郎

七曜文庫

吉林出版集团有限责任公司

真田太平记

十二

云之峰

曹逸冰 译

# 第一章　战后

# 第壹话

直觉告诉信之，家康命不久矣。家康死后，自然便是将军秀忠的独裁政权。届时，德川幕府对真田家的态度将如何变化？

关原一役之后，信州的上田城算是被德川家康给没收了。家康命依田肥前守担任留守上田的城番。庆长九年，上田城的城郭被悉数拆除，城番一职亦告取消。

真田昌幸、幸村父子流放纪州九度山时，家康给了沼田城的真田信之一纸证文，称："此番安房守（昌幸）图谋不轨，而伊豆守忠诚可鉴，值得嘉奖。"把昌幸拥有的小县郡六万八千石（其中三万石是后年增补的）封给信之。

算上沼田的两万七千石，真田信之总共有了九万五千石封地，一说九万石。他治理上田难免有些不便。然而，就算城郭被毁，幕府都一直不让他重履上田。

德川家康那句"果然是回上田好"便是指的此事。

随着大坂战役落下帷幕，丰臣家宣告灭亡。真田昌幸早就病死，大坂一役又让幸村、大助父子归西。家康明白真田幸之对德川家一片赤诚，此时自然会动念放他回到上田故地。

自关原之战以来，信之对家康始终如一，天地可鉴，深得家康信赖。

德川家康在江户城的西之丸住了几天，去江户近郊放鹰狩猎。

自大坂回归后，佐渡守本多正信累得卧病月余，家康非常忧心，几番派医师前去问诊，更亲自给正信调配草药。他向来视老臣正信犹如老友。正信比家康年长四岁，现下已是七十八岁的高龄。

十一月二十五日，正信的病情略有好转，带着儿子正纯进城谒见家康。家康本有说不完的话，无奈一眼望去便知正信大病未愈，只得劝他早早回府。正信老老实实遵命离去。

十二月四日，德川家康离开了江户城，回归骏府。真田信之和诸大名一同相送，但轿中的家康没有露面。七日，真田信之离开江户，返回沼田。

幕府总算批准他回去了。

信之一回沼田，长子河内守信吉便来了江户府邸，接替父亲位置。自去年的大坂冬之阵以来，信之再没回到沼田。上州沼田城距江户约三十五里。信之骑马而行，由几个家臣陪着，取道赤城山、利根川的山脚，一路往北。

（一切都结束了……）

丰臣家也好，父亲与弟弟也好，均成过往。德川家的天下坚如磐石。但是，家康究竟能以大御所的身份君临天下多久？

前几天见到的德川家康老态毕露，这件事让信之的心情异常沉重。

直觉告诉信之，家康命不久矣。家康死后，自然便是将军秀忠的独裁政权。届时，德川幕府对真田家的态度将如何变化？谁都知道秀忠对真田家全无好感。

而且，这个"真田家"包括信之。

那种憎恶，几乎都快成了将军秀忠的本能。

当年，将军秀忠因攻打真田家的上田城而延误了战机。缺席关原一役的这份屈辱，让秀忠如何忘却？何况，父亲家康事后竟然饶了昌幸和幸村的命，这更加剧了秀忠的怒火和憎恨。

这份怒火是否会以另一种形式转嫁到信之头上？毕竟，昌幸和幸村的命是信之当年拼命求下来的。

家康死后，真田家的待遇无疑会大有变化。

（怕是要有个思想准备才行啊……）

不久，真田信之的眼前出现了一个盆地。盆地的三面皆是雪白山脉。该盆地南侧的山丘之顶，便是沼田城了。

山丘的斜面上，是一排又一排的民居。那正是真田信之创立沼田分家之后辛苦缔造的城下町。

灰色的天空飘落雪花。马背上的真田信之面色凝重。

# 第贰话

掀开盒盖一看，却是个用白绢包着的细长物体。
信之伸手揭开白绢，登时愕然，半晌说不出话。

十二月十四日，德川家康抵达东海道的三岛驿站。

"以十五日为吉日，视察隐居之所。"

史料《骏府记》如此言道。实不相瞒，家康早有意去三岛附近的泉头地区度此余生。静冈县三岛市西北半里，便是泉头。那里有个南北十町长的大池塘，人称"清水池"。池畔留有古城郭的遗址。城郭规模极小，只勉强算是小田原北条氏的一个出城。

富士、爱鹰两大名山尽收眼底，气候宜人，山清水秀，离大海也近。家康酷爱放鹰，这里刚好符合放鹰的各项条件。

翻过箱根，走三十里便是江户。距离骏府（静冈市）则是十五里。对家康而言，没有比这里更方便的养老之地了。

因之，家康早就有意来泉头地区隐居。

丰臣家灭亡之后，家康总算得以高枕无忧。他对这一天的期待，委实无法形容。十五日自三岛出发的大御所家康照原计划来到泉头，四处察看。一番视察之后，家康更坚定了来此隐居的念头。

"不错，明年开春便破土动工……"

家康不好奢华，这一点跟秀吉完全不同。然而，就算家康想一切从简，他的隐居之处总归要跟庶民有些区别才行。诸大名会来请安，江户的使者亦会到访，所以一定要有些规模。

家康深知两次大坂战役让诸大名财政吃紧，故没有让他们帮忙兴建隐居所，而是请了"日用"——临时雇来的工匠。

然而，诸大名不会就此释然。

譬如当时滞留江户府邸的细川忠兴（丰前小仓城主）给嫡子忠利的信中，就称："闻大御所隐居所由日用修建，为父总算松了口气。然而诸大名中不乏溜须拍马之辈，争先恐后接下石垣等工程。长此以往，难保修建任务不会落在诸大名头上。仍不可放松警惕。"

泉头的隐居所确实惹了些麻烦。结果，元和二年的新年一过，家康便下令中止隐居所的修建。毕竟是家康的隐居所，诸大名虽满腹牢骚，却又不敢当真坐视不理。而家康念着他们两次拿出巨额军费之事，亦不想再让他们积怨。

此前……

元和元年的年底，留守京都府邸的铃木右近忠重和另三名家臣回到了沼田城。真田信之听说他们回来，立刻猜测是有何重大情况，否则右近绝不会亲自回到沼田。他立刻命家臣小川治郎右卫门带右近来到地炉间。

治郎右卫门和马场彦四郎深得信之信赖，服侍信之左右。

地炉间位于沼田城表御殿与奥御殿的分界处。信之的亡父昌幸酷爱地炉，曾于岩柜、上田城内建造地炉间。地炉间面积为两间，向中庭凸出，周围用土墙围起。而中庭则有茂密的树丛。

不久，伊豆守信之自奥御殿卧房旁的小走廊而来。小川治郎右卫门迎面而来，向信之点头示意。信之亦点点头，走进了地炉间的里间。这间屋子兼作信之的书房。拉开纸门一看，大暖炉对面跪着的人正是铃木右近。

右近一身旅人打扮，伏地行礼，表情平静，全无紧张之态。

（奇了，他突然回来到底是要……）

信之满腹狐疑，开口说道："远道而来，辛苦了。"

"主公言重了……"

"右近，再凑近些。"

"那属下便失礼了……"

右近挪至信之右侧。

"有要事？"

"不错……"

右近的话音非常冷静。信之更是暗暗纳闷。

"究竟何事？"

"主公请看……"

铃木右近谨慎捧起身旁之物。那是一个用崭新白绢包着的细长木盒。

信之讶然接了木盒，问道："这是……"

"请您先瞧瞧盒中之物。"

"唔……"

白绢中包着个崭新的桐木盒子。宽五寸，长一尺。包袱中另有一封信函，竟是京都小野阿通的字迹！

真田信之登时面泛红潮。铃木右近不禁微微扭头，不忍再看。

信之扫了一眼右近，问道："这是阿通……给的？"

仿佛有一口痰卡住了他的喉咙。

"正是。"

"这……"

只见右近微一皱眉，肃然说道："请您先瞧瞧盒中之物。"

信之依言解开绳带。

掀开盒盖一看，却是个用白绢包着的细长物体。信之伸手揭开白绢，登时愕然，半晌说不出话。

盒中分明是一缕乌发。

仔细观察，只见乌发中还混着几缕白发，而且沾着血迹与泥浆。

"主公……您瞧明白没有？"

"唔……"信之这才咬着牙道，"莫非……是左卫门佐……"

"不错，正是左卫门佐大人的遗发。"

"果……果然……"

信之面无血色。

——小野阿通是如何得到幸村遗发的？

信之将白绢与遗发摆在膝头，呆呆摊开阿通的信函。铃木右近后退几步，再次错开视线。

阿通的来信甚短，且无感怀之词。

"送上左卫门佐大人遗发。"

信之难掩失望之色，只得唤道："右近……"

"在。"

"阿通是如何得到左卫门佐遗发的？"

"这……"

大坂战役后，铃木右近没有回到伏见的府邸，而是留守京都的真田府邸。阿通的使者寻到右近，希望他暗中去阿通府邸一行，而且一定要单身前去。右近便依言去了。当时，阿通笑脸相迎，拿出好酒好菜招待，最后才拿出这缕遗发。

铃木右近大吃一惊，自然要问这遗发来历。

然而，阿通只是微微一笑，不肯答复。

"尚望大人明示！"

右近再三追问，阿通却只是说道："妾身恕难作答。"

阿通说到这个份儿上，右近自是无法再问。

信之听了，怔住说道："是这样啊……"

"小野阿通是天下闻名的才女，宫中自不用说，纵是诸侯都要让她三分……"

"不错……"

"她领着大御所大人给的俸禄，人脉又广，听闻左卫门佐大人战死，便动用各种关系……"

"对……"

幸村的首级经德川家康、秀忠父子检查之后，定是被埋到了某个地方。那之前，小野阿通不知使用了何种手段，总算剪下这一缕遗发。

伊豆守信之知道，家康检查幸村首级之时，叔父真田信尹亦在一旁。信尹早将当时的情况详细来信告知。然而，信尹对幸村遗发一事只字未提。

# 第叁话



（莫非……）

莫非是大御所德川家康大发慈悲？不，就算家康对真田信之报有好意，亦不会仁慈到如此程度。家康根本没有开恩的必要。

那便意味着……

（果然是阿通大人暗中相助……）

到底小野阿通是如何弄到这遗发的，信之真想听她亲口说个明白。

阿通确实有这本事。前后三位天下人（织田信长、丰臣秀吉、德川家康）都很看重这个女人。家康对她尤其信赖，冬之阵后甚至吩咐她一手安排真田兄弟的密会。

阿通总是暗地里大展神通。只要她想出手，自然有望得到幸村遗发。

这遗发若真是阿通设法弄到手的，那便表明她对真田信之怀有善意。否则，她何苦大费周章？

（阿通没忘了我……）

信之本打算斩断情丝，忘却阿通，结果竟重燃爱火。

（阿通……真想见阿通一面啊……）

信之暗暗呼喊。真田幸村是大坂最重要的浪人战将。阿通竟敢剪下他的遗发，悄悄交给他的兄长兼敌人真田信之，无疑早就有了东窗事发的觉悟。

消息一旦走漏，后果不堪设想。

"又下雪了……"

铃木右近自言自语道。

不用拉开纸门，都足以察觉雪意。上州的冬风固然猛烈，沼田却有四周的山岳屏障，唯独下下停停的瑞雪无法挡住。

信之听见右近说话，这才一醒。

右近背对着信之，说道："难怪您会喜欢她……"

"你……你说什么？"

"但凡男子，皆会被她吸引。"

"被谁？"

"小野阿通大人。"

（这家伙……）

信之如此想着，却道："莫非右近都被她吸引了？"

右近若有所思，突然答道："如此厉害的女子，寻常人恐难招架。"

"唔……"

"如此女子自然不会顺从男子。她时刻和名士周旋，不肯落到人后，想法无疑不同寻常。"右近转向信之，肃然说道，"女子无才便是德，好女人就该老老实实钻进男人怀里。"

好一个自说自话。

他是瞧出信之被小野阿通迷倒，这才出言劝说的吧。

（这小子……）

信之暗暗恼火，说道："那你妻子就是老老实实钻进男人怀里的那种女人？"

"正是。"右近朗然答道，"她最近越发美艳动人。"

竟然顺势夸上了他老婆。

今年正月，铃木右近娶了伏见真田府邸的马冢喜右卫门之女阿珠。右近四十二岁，而新娘阿珠年方十八。乍闻此事，真田信之简直目瞪口呆。

"罢了，"信之说不过右近，"你下去歇息吧。"

"属下告退。"

"明日再好好喝一杯。"

"好。"

右近离开地炉间之后，信之守着地炉一动不动。他凝视着幸村的遗发，仿佛变成了化石。

"大人，大人……"

右近刚出门，小川治郎右卫门便沿走廊而来。

"何事？"

"需不需要备酒？"

"不用。"

"是……"

治郎右卫门的足音渐行渐远。

信之将幸村遗发捧到胸前，唤着弟弟的幼名，闭上双目。

"源二郎……"

# 第肆话



元和二年（1616 年）正月二十一日，德川家史录称大御所至骏府的田中地区鹰猎，正想让赖宣、赖房上来说话之际——

"突感心口不适，立宣医官片山宗哲奉药。"

是日，家康病倒。家康当时正带着十子赖宣和十一子赖房去田中地区放鹰。骏府城西南五里，便是东海道藤枝驿东侧的田中地区，当地设有骏府城的副城——田中城。

因家康突感不适，大家天一亮（二十二日）便派急使去骏府城报信。以心（金地院）崇传恰好来到骏府，便跟着藤堂高虎一同跑到田中。

家康倒下的时间是丑时——凌晨二时，可见他是回田中城睡下后才察觉不适。

一口痰噎住了。

医师片山宗哲随崇传、高虎同抵田中，带来了三十粒万病丹和十粒银液丹。

以心崇传立刻将此事报知京都所司代板仓胜重。

经医师抢救，家康总算精神了些，说道："不碍事，诸位别挂念了。"

有关此事，一则野史不容不提。

家康的财政顾问茶屋四郎次郎是京都的豪商。某日，他跟家康谈到近来有一种稀罕的料理风靡京都。

"哦？什么料理？"

"用芝麻油炸鲷鱼。可谓风味独佳……"

"这样啊……"

家康有了兴致。恰好榊原内记进贡了大鲷两条、甘鲷三条，家康便命人依法烹饪，尝了一番。

"果然美味，这做法确实别开生面。"

家康对鲷鱼天妇罗甚是满意，哪知就寝四小时后竟开始难受。

正是那道料理，要了家康之命……

当然，这不是唯一的缘由。

另一个缘由是，去年的大坂一役让家康穷尽了精力。

二十五日，家康不顾以心崇传和藤堂高虎的反对，硬撑着返回骏府城。

二月一日，将军秀忠得知家康生病，立刻动身离开江户，率旗本日夜兼程，沿东海道急行四十五里，次日深夜就到了骏府。

德川家康看见儿子来了，无疑由衷欣慰。现任将军得知家康病了，脸色大变，亲自骑马赶来。对年迈的父亲而言，哪有比这更让人欣慰的事？

家康微微一笑，对秀忠说道："延误关原之战的事情就此一笔勾销。御所，你忘了那件事吧。"

见父亲开了玩笑，将军秀忠总算放松了些。秀忠守着父亲，多方照料，同时以将军身份召天下名医来骏府治疗父亲。史录称他命天下诸寺、诸山名僧、高僧、神祇官和阴阳寮悉数祈祷。秀忠之孝，确实无所不用其极。

大御所家康虽然隐居骏府，其威望毕竟无法撼动。

家康情绪颇佳，召秀忠、以心崇传、藤堂高虎来病房共饮纳豆汁，他本人也稍稍喝了一些。

"我看不碍事了。"

藤堂高虎回到骏府城下的府邸时，曾如此对家臣说道。

天皇的敕使亦从京都前来问候。

二月六日，家康唤来以心崇传，说道："别忘了《群书治要》的印刷。"

中国大唐年间，唐太宗曾命贤臣辑录经史之中的治国方略，其成果便是《群书治要》。家康命人从中国购回了五十卷，交由以心崇传将之刻版印行。

家康非常喜欢刻印兵书、儒书和史书，他是真的想将年轻时苦苦搜集的古籍加以普及。

其后，女御、女院、亲王、公卿、诸大名的探病使者络绎不绝，而天皇则派出敕使，将"太政大臣"这一最高官位授予家康。

不知不觉，春天来了。不久之后……

阳光普照，莺啼阵阵，绿草吐出新芽，花儿争奇斗艳。然而，德川家康的病情日益不容乐观。

（命不久矣……）

家康自知大去之期不远，却坚持安排印行《群书治要》之事。

他有时会想喝碗白粥。仆人将粥端上，他却仅仅喝个一两口。明眼人一看便知他日渐衰弱。

然而，有资料称，招待敕使的宴席上，大御所虽然大病未愈，却是衣冠整齐，受诸大名恭贺。


此时，铃木右近从沼田回到了京都的真田府邸，将信之的礼品和信函交给小野阿通。

右近离开沼田城时，曾故意对信之说道："办完事情之后，我想回来陪着您。"

别忘了，右近生自上州。

（是呀……该让右近回来了……）

信之这样想着，险些冲口说道："好，那你就回来吧。"

皆因转念一想……

（不行……得让他在京都再待些时日……）

他要靠右近帮忙跟小野阿通联系。

信之这样的大名若要去异地旅行，需要先征得幕府许可。而且，他去的地方不可以惹幕府生疑。更何况他弟弟幸村刚以大坂战将的身份阵亡不久。

当年，太阁秀吉曾赐信之之父昌幸一副护手。真田信之命右近拿去赠给了小野阿通。那护手由肥后名匠林又七制作，黑铁泛着光亮，嵌有金象眼和葡萄图案，堪称巧夺天工。信之的信中称，希望阿通将这护手当镇纸使用。护手的来历亦写在信中。

信之觉得小野阿通这般女子若收到如此礼物，大概会非常高兴。

他给小野阿通的信中，尚有这样一段：

"承蒙大人一番厚情，不知该如何报答才好。近日……近日便前往京都，亲自向您道谢。"

信之的妻子小松殿近来身体不佳。大坂一役前后，小松殿一直忙着真田家的进退之事。不，她自从嫁给信之以后便没省过心。多年来，小松殿成了德川家和信之之间的桥梁，尽心尽力，自不免身心俱疲。

小松殿是年四十四岁，夫妻二人早已不再同房。真田信之将小松殿的侍女千贺收做侧室。这千贺正是小松殿推荐给信之的，是小松殿亲自挑选之人。小松殿巾帼不让须眉，能入她的法眼绝非易事。千贺确实是个无可挑剔的侧室，无奈信之一直不敢造次。他总觉得千贺背后有妻子的炯炯目光。

事关小野阿通之信和幸村遗发，绝不容疏忽大意。

小松殿聪明过人，再细微的变化都逃不过她的眼睛。

铃木右近深知信之的想法，向小松殿问安时，他故意说道："适才，我求主公让我回到沼田来着……"

"说得是啊，"小松殿回去便对信之说道，"就让右近回来吧。"

结果，信之肃容答道："得让他去京都再待些时日。"

右近离开沼田后，信之好几天不问政事，只是将弟弟的遗发和小野阿通的来信藏到胸口，登上本丸天守，眺望雪中群山。

# 第伍话



元和二年四月，大御所家康的病情持续恶化，食欲全无，坐都坐不住了。

这几天来，他把诸大名和重臣们陆续唤来枕边，留下遗言。

他首先唤的是以心崇传、天海大僧正和本多正纯，吩咐这三人将他的遗体下葬久能山，法会则于江户的增上寺进行。德川家史录称："灵牌安置于三河大树寺，一周年后于下野国日光山营造小堂祭奠，并于京都南禅寺金地院营建小堂，命所司代及诸武家参拜。"

诸大名纷纷来到骏府探病。家康给不同人留下不同遗言，赠不同物品留念。家康虽然卧病，犹自谋求着德川家天下的长治久安。

将军秀忠没有回城，坚守父亲病榻之畔。

一日，家康对秀忠讲评诸大名的人品性格，提到加藤嘉明（依予松前，十四万石）时，说道："太阁生前，加藤左马助便跟我有了联系。加藤家出身三河，其父教明曾是咱们德川家的家臣。"

"是。"

“左马助生性笃实，太阁死后对咱们尽心尽力。我死后，你得好生待他。”

“孩儿明白。”

“但是，此人天性记仇，再小的事情都会念念不忘，这一点务要牢记。”

将军秀忠答道：“左马助的器量如此之小，怕是没胆子问鼎天下。”

家康摇了摇头，道：“不，就算对方器量再小，都别小视。就拿跳舞来说，只要有个小孩子带头一跳，大人和老人便会忍不住跟着他手舞足蹈。乱世之中，不管是否有意，只要有一人闹事，众人便会跟着举兵。这番话不光针对左马助。总之，切莫疏忽大意。”

家康确实是见微知著。

病床上的家康跟将军秀忠细细分析着诸大名的性格，自然谈到了伊豆守真田信之。家康那时估计是留下了“放豆州回上田吧”这一类话。

家康又将一直被扣在江户的福岛正则唤来骏河城奥御殿的病房，温言说道：“回去吧。去年征大坂时，有人向御所指控你图谋不轨，这才命你滞留江户如此之久……老夫替你向御所担保了，你快快家去吧，两三年内都不用再去值勤了。”

福岛正则感激涕零，无语凝噎，最后竟由本多正纯搀扶着离开病房。

须臾，家康听正纯回到了房中，睁开双眼问道：“正则可有话说？”

“启禀大御所大人……”

“说吧。”

福岛正则向本多正纯吐了苦水。

“太阁大人生前，正则便对德川家一片赤诚，刚才听了大御所大人那一番话，我真是好委屈啊……”

家康听完，再三点头，说道：“老夫会那样说，正是要听他这句。”

这段逸闻的真假暂且不论。总之，家康确实谨慎安排着他的后事。

家康唤来故去的水野忠重之子——隼人正忠清，赞赏其亡父的功勋，又称赞他在大坂战役中战功赫赫，封他当了三河刈屋的城主，让忠清非常感激。其余家臣亦被家康挨个唤来，接受封赏，继而宣誓对德川家尽忠。

四月四日的史录称：“大御所滴水不沾，疲惫不堪，自知命不久矣……”

是日，病榻上的家康接见了来到骏府的外样大名。

所谓“外样大名”是指德川家夺得大权后望风归顺的大名，而非长年追随德川家康的家臣，譬如真田信之、福岛正则、加藤嘉明等人。

德川家康让本多正纯搀着，坐起身道：“诸位，家康天寿至此。”

众人一听之下，只觉得他话音沛然如故，不觉暗暗称奇。

家康消瘦的脸颊上微露血色，两眼放光，环视着一众来者，缓缓说道：“老夫死后，天下政事自有将军掌管，各位无须挂念。”

大名们低下了头，洗耳恭听。

“但是……”家康微微一顿，朗然说道，“倘若将军大人施政有误，各位大可替他行天下之事。天下是天下之天下，家康无怨！”

众大名伏地行礼，寂然不语。

太阁丰臣秀吉临死前亦有托孤一幕。他唤来五大老和五奉行，命他们立誓效忠幼子秀赖和丰臣家。

秀吉哪会不知如此誓言全无约束效力？然而，他没有别的办法了。秀吉深知丰臣家天下的根基尚不牢固。直到灭了小田原的北条氏，秀吉才真正当上天下人——他的天下，只有十年。十年之间，他筑了大坂、伏见二城，又两番出兵朝鲜，哪有空兼顾国内政治？

秀吉的晚年生活如前所述，不再赘述。

丰臣秀吉老泪纵横，将幼子秀赖留给了五大老，反复恳求道："拜托了……拜托了……拜托了……"

那时的秀吉，真是一点颜面都顾不上了。众人皆被秀吉的父爱打动。

听闻威风凛凛的太阁竟如此哭泣哀求，真田昌幸甚是欷歔，一度对长子信幸（信之）说道："太阁殿下真是荣光不复……"

反观德川家康……

信长、秀吉两位天下人叱咤风云之际，家康带着一大群家臣忍辱负重，以其丰富的经验和健康的体魄，时而逆来顺受，时而一步不让，到底是夺了天下。

而且，他得手后亦无丝毫松懈。

直到年逾古稀，家康都毅然奔赴战场，指挥部队作战。

大坂之阵的一年后，家康死期将至。

（如此便好，此生无憾……）

家康公开宣称，若有谁对将军不满，大可举兵夺去天下，家康无怨无悔。这自然不是他的真话。但他若无自信，又岂敢口出豪言？

家康嘱咐秀忠道："天下政事，不得有丝毫懈怠。"

他将三名幼子（义直、赖宣、赖房）交给秀忠照顾，同时命三子凡事皆要听兄长秀忠之命。

四月十六日——

"病体更衰，仅饮热汤若干，上下均甚哀叹。"

家康向各人留下遗言，又给当时陪他鹰猎的鹰匠留了封信，以免日后有人追究鹰匠的责任。家康生性谨慎，事事滴水不漏。

翌日——十七日。

家康自那天一早便昏迷不醒，至巳时（上午十时）结束了七十五岁的人生。当夜，其遗体依遗言被送往久能山神庙。

家康希望死后以神明之姿守护德川家的天下。

是夜，骏河久能山雾雨蒙蒙。

# 第陆话



这一年的六月七日，家康的"老友"兼老臣佐渡守本多正信追随家康而去，享年七十九岁。

正信没有留下遗言。

辞世前一日的傍晚，正信对家臣说道："真是累死了……"

这便是他留给世界的最后一语。

正信离世前的六月四日，江户增上寺举行了家康的七七法会。

将军秀忠遵照亡父遗志，将父亲尊为神明，并着手各项准备。首先要做的，自然是给家康选个"神号"。秀忠召集幕府的一干学者及神官，商讨了足足二十天。

他们本打算用"大明神"这一神号，结果天海大僧正提出异议，就此改成了"大权现"——佛祖菩萨为普度众生而化身神人降临现世。

（不错，这一神号的确更适合父亲……）

秀忠听了天海的解释，暗暗点头。

若真田昌幸、幸村父子听闻德川家康成了"神"，怕会忍俊不禁。

将军和幕府欲将家康封神，让家康永远担任德川家伟大的象征。

将军秀忠称，明年四月时要将久能山的家康灵柩搬至下野国的日光山。

日光山的家康陵庙由天海大僧正指挥一部分大名负责营建，本多正纯和藤堂高虎担任奉行。被选中的皆是大坂一役开销相对不大的大名。

祭奉家康的日光山神社名曰"东照宫"。

如此这般，家康便成了"东照大权现"。

有"权"能使鬼推磨。日光东照宫没日没夜营建着。

元和三年三月十五日寅时——凌晨四时，本多正纯、土井利胜、板仓重昌等三百余骑率千余士兵来到久能山，为家康灵柩移驾。当时，自天海以降，"山门硕学"、"关东僧众"悉数前来。

是日，家康灵柩下了久能山，被运至富士山脚下的善德寺，举行第一夜法事。

十六日、十七日至三岛。十八日，队伍翻箱根山脉，宿小田原。

每夜均有盛大法事。

四月四日，德川家康灵柩抵达日光山，暂时安放到奥之院的石窟里面。

如此大张旗鼓，劳民伤财，皆是要让天下看看德川幕府和将军之威。

京都亦派敕使前来。天皇授予东照宫"正一位"的神位。

四月十二日，将军秀忠不顾狂风暴雨，自江户城出发。

四月十七日是德川家康的一周年忌，亦是家康下葬东照宫的日子。将军着束带，率诸大名前来叩首，举行各项仪式。

十八日、十九日、二十日……

法事持续不断。

二十日，秀忠离开日光，返回江户。

四月末至五月初，江户城内大演能乐，设宴款待敕使、公家和诸大名。当年秋天，日光山又举行了临时祭。

幕府这一年的工作几乎都跟家康灵柩有关。

将军秀忠主持了此生最大规模的典礼，积劳成疾，到年底时果然扛不住了，卧病休息数日。

大抵便是那时，幕府批准设立了吉原游廓——日本最大的妓院集中地。将军脚下的江户如此繁荣鼎盛，实让人目瞪口呆。

真田信之回到沼田之后，经留守江户真田府邸的重臣但马守矢泽赖康之口，知悉了江户城内的各种情况。

六月十二日，将军秀忠百忙中至京都向天皇致谢，一直留到九月的最后一天才动身返回江户。那一年，德川秀忠三十九岁，正值壮年。

大坂之阵以后的五年间，秀忠无时无刻不紧绷着神经。

第二章　重临上田城

# 第壹话



元和二年秋天，伊豆守真田信之回到了信州的上田城。

自不用说，此事全靠故去的大御所德川家康安排。

真田家奉命随诸大名一同营造东照宫和江户城，不知是否跟此事有关。

上田城一片荒芜。石垣虽然如故，箭楼等城防设施却几乎全被德川部队拆毁。三丸的外濠更是悉数填平，哪里看得出"城"的样子。

有家臣忍不住道："不如求幕府批准重设箭楼吧？"

信之不予理会。将军和幕府遵照家康遗言让他重回上田城，这就挺开恩了。

幕府曾出台《武家诸法度》针对诸大名筑城之事，称"浚垒、浚湟"是"大乱之本"云云。

留守江户的矢泽但马守告诉信之，家康死后，幕府非常关注各地大名的动向。

但马守赖康的亡父矢泽赖纲是真田家血亲，跟信之的爷爷平辈。

本故事开始之际，作者我曾提到矢泽父子和真田家的兴盛实是大有关联。当年的但马守矢泽赖康三十出头，正当壮年，现下则是六十高龄。他继承亡父赖纲的事业，当了真田家的家老。大坂一役，他一路辅佐替父出征的真田信吉、信政，使两兄弟得以全身而退。

后来，江户府邸的真田信之犒劳道："此番有劳了。"

矢泽赖康苦笑道："总算……"

"嗯？"

只听赖康说道："总算恰如其分。"

真田家的目标不是立下赫赫战功，而是将损失缩到最小。

接着，他又压低嗓门，说道："有敌方的左卫门佐大人给真田氏扬名立万，那便足矣……"

"一点不错。"

之后，矢泽赖康主动提出留在江户府邸。长子信吉替信之留在江户，总得有个重臣辅佐，以免江户（幕府）跟回到封地的真田信之有何分歧。

矢泽赖康同样反对重筑上田城。

结果，信之只是草草弄了弄城郭和旧府邸，便从沼田搬回了上田城。妻子小松殿久病未愈，暂时留在沼田城。

这样一来，真田家就有了两个城。

搬去上田时，信之有意效仿亡父昌幸把沼田让给儿子之举。昔日，昌幸让长子信之去沼田创立分家，却一直带着次子幸村……

当时的信之不明白父亲到底有何打算。年轻时便立分家，是不是要让信之由老臣辅佐着体会一下城主的辛酸苦辣，以积累日后继承上田本家的经验？要不然，就是父亲打算让弟弟幸村继承本家。

信之坚信是前者。

元和二年，真田信吉二十四岁。信吉天性善良，跟好动的弟弟信政相比，显得非常斯文。

小松殿曾对信之说道："瞧信吉那样子，日后怕是有得苦了……"

但是，信吉思虑缜密，对家臣和侍女无微不至，自幼人望极高。

大坂之阵结束后，他一度对父亲信之说道："五月七日一战，镰仓尹右卫门表现卓越。"

"哦？"

信之家臣镰仓尹右卫门被毛利胜永部队猛攻，深陷苦战，手下家臣有八人战死，镰仓本人更是身受重伤。然而，他坚持出战，不肯退后。信吉遂建议父亲增加此人俸禄。信吉就是如此细心。

伊豆守信之皱着眉头听儿子说完，怒道："蠢话。"

信吉一呆，问道："父亲何出此言？"

"奋勇杀敌是武士之道，纵然苦战又如何？"

"这……"

"若得胜自是另一码事，但你们不是被毛利胜永打得溃不成军？"

信吉低头不语。

"不就是深陷苦战，家臣被斩，身负重伤？这算哪门子的功劳？这次开了口子，以后不是没完没了？真田家的九万五千石，眨个眼便分完了！"

受父亲责骂，信吉一言不发。他就是这个性格。

（信吉那性子不改，怕是当不了我的继承人……）

信之打算把沼田的两万七千石分给信吉，让小松殿和其余重臣好生锻炼锻炼信吉。

如此一来，真田信吉便不得不往返于江户府邸和沼田城。所以，信之便命次子信政长住江户府邸。

要向德川将军表忠，总得在江户留个人质。

信之将此事上报幕府，得到批准。然而，幕府加了一个条件——

信之妻子小松殿病愈后，需搬到江户府邸。

真田家唯有点头，别无他法。

德川家康死后，将军秀忠和幕府看待真田家的目光有些不大一样了。

虽不明显，但确实变了。

将军秀忠确实有些防着真田家。

淀君虽然毙命，京都、大坂一带却盛传丰臣秀赖去了九州。江户亦然。

"听说真田左卫门佐陪着秀赖公从大坂城脱身了……"

如此流言充斥坊间。

幕府犹未结束对大坂城浪人战将的追捕工作。

因此，信之不敢有半点松懈。

失去大御所家康这个大靠山之后，真田家无疑成了将军秀忠和一干重臣的刀俎肉。

# 第贰话



伊豆守信之一到上田，便着手翻新本丸居馆。区区小事，当无需申报幕府。二丸、三丸的府邸同样要好好翻新一下……总之，真田家的本城上田城回到了真田家当主信之的手里。

最因此高兴之人，首推当地百姓。真田昌幸的善政给百姓留下了深刻印象。

信之积极视察工地。本丸中有一名曰"月见楼"的箭楼没被拆毁，信之常自那箭楼窗口眺望上田原盆地，呆立出神。

一到夜间，便会听得城畔悬崖下千曲川的潺潺流水之响。

"土佐守啊……"

某日，信之由家老木村土佐守陪着登上月见楼。木村土佐守比矢泽赖康略略年长。他本是今川氏真的家臣，今川家没落后，被真田昌幸"捡"了回来。信之创立沼田的分家时，几番恳求父亲让出木村土佐守。

"啊？你要把土佐带去？"

安房守昌幸皱起眉头，无奈信之坚持要求。

"罢了，罢了。"昌幸别过头去，叮嘱道，"此人可是件宝贝，你千万别毁了他啊。"

关键时刻，昌幸基本上都顺着长子信之的意思。唯有关原之战时不然。他不顾信之的劝说，硬是投向西军。

当时，昌幸曾笑着对家臣们说道："瞧瞧，这次该让源三郎那小子五雷轰顶了吧。"

信之的理性总是让昌幸尴尬。昌幸有些不满，却又无法说服信之，结果就特别宠爱秉性像极了自己的次子幸村。

"源三郎太聪明了，真没意思。"

这便是安房守昌幸的口头禅。

真田信之从不炫耀自身贤明，但越是如此，父亲昌幸就越看不惯他的老成。而现在，伊豆守信之与木村土佐守正身处亡父昌幸费尽心血建造的上田城月见楼。听信之一言，土佐守瞠目结舌。

信之问道："土佐守，你有没有想打一仗的念头？"

"这……"土佐守语塞，半晌才道，"这次又要跟谁打啊？"

"不，我不是这个意思。"

"啊？"

"我问你，你就不想再打场仗？"

"不想了。"

"哼……"

信之嗤之以鼻。这倒是稀罕事一桩。

"谁信啊。"

"就算想打，哪有人可打呢？"

"大御所死了，天下唯余鼠辈，我们都要忐忑度日了，是吧？"

"主公，您这是明知故问了。"

"唔……"真田信之眺望着上田原，神情肃然，"没办法。"

"正是。"

信之当然无意谋反。他若要反，早就反了——倘若另有打算，关原之战时何不跟父亲、弟弟联手对抗德川家康？信之坚信足以结束漫长乱世、缔造太平盛世的人只有家康，所以才毅然挥别父亲和弟弟，投靠了德川家。然而，不知为何……

年逾五十的信之回到阔别十七年的上田城，望着城内的一片荒芜，竟有些蠢蠢欲动之感。夜里一闭上双目，当年和父亲、弟弟联袂防守此城的历史便会一幕幕闪进脑海。回过神来，已是次日清晨。

天正十三年八月的那一战印象尤深。当时，他们用区区三千兵力抵挡了德川家一万大军。父子三人的战术大获成功，将来敌玩弄于股掌之中。

三十年的光阴，弹指间便没了踪影。

当年，信之负责离城出击。他深知城周的一草一木，利用天时地利，发动了猛烈而果敢的偷袭。他大干一场，见机撤退，战法之巧妙令父亲昌幸感叹连连。

"不错嘛……看来源三郎真不是绣花枕头……"

敌人怒火中烧，对撤退中的信之穷追猛打。信之将敌军引至上田城附近。弟弟幸村率部下以雷霆之势出击，自侧面杀了敌人一个措手不及。敌人愤怒更甚，冲向城门。不料昌幸早就用绳索将圆木条固定到石垣上方。敌军一来，他便切断绳索，把打算爬上石垣的敌军砸得狼狈不堪。

真田部队抓住这个机会，开始用铁炮攻击。真田昌幸则率精锐部队出城突击，打得德川家部队节节败退。

被火焰和烟雾笼罩的城下町……

跟敌人狭路相逢时的酣战……

信之的胸口，这一切蠢蠢欲动。他百思不得其解。

（我竟会……）

父亲跟弟弟颇有些享受战争的意味，信之对这一点很是看不惯。

要守住真田家的家名，直到迎来太平盛世——

信之正是抱着这样的信念而战。他自幼便有如此信念。

正因如此……

（我才苟活于世。）

目前，天下均由德川幕府统治，再无战火。

信之的理想成了现实。

信之年轻不再，战斗的本能却杀了回来，让他茫然失措。

（我体内确实有父亲和弟弟……不，是真田之血……莫非……逝去的父亲和弟弟……他们的血……流进了我的身体？）

兴许，正因有好战的父亲和弟弟活着，信之才会保持冷静。

关原之战时，若信之一时冲动，随着父亲、弟弟投靠西军，真田家怕是早就被灭门了。现下想来，昌幸将幸村安排进丰臣家、将信之安排进德川家的契机，正是三十年前的上田城攻防战。

经由丰臣秀吉调停，真田昌幸跟德川家康议和了。家康提议将女儿嫁给昌幸的长子信之，昌幸虽然不满，却不敢惹恼丰臣秀吉，故唯有勉强接受。

结果，家康认本多忠胜的女儿当了养女，嫁给信之。

# 第叁话

德川家康肯将幸村妻女交给泷川三九郎照顾，
这委实是不幸中的万幸，由不得信之再有更大
的期许。

伊豆守信之将侧室千贺带到了上田。然而，小野阿通的面容总是萦绕信之脑海，挥之不去。

（要是让阿通来上田生活……）

倒不是完全不行。关键是，阿通想不想来上田？

（不如把千贺送回沼田吧。）

信之开始胡思乱想。

（近来，我简直快要疯了……）

信之虽不显老，却毕竟年过半百，哪知竟像个黄毛小儿一般对阿通朝思暮想，又被对战阵的回忆充斥脑海，这真是让人费解。

伊豆守信之不光失去了父亲，就连弟弟都离他而去。那份孤寂，他从来不曾品尝。弟弟幸村和亡父昌幸的脸庞，小野阿通丰满的姿态与声音，总在他脑中闪过。信之一点点搜罗与父亲、弟弟之间的回忆，将其藏在心底。信之以前很少做梦，近来却夜夜做梦。父亲昌幸年轻时便经常做梦，而且自创了一套理论。

"做梦多有趣啊……所以人才要睡觉。睡觉却不做梦，岂不是连活着的感觉都没了。"

信之以京都府邸的铃木右近忠重为中间人，三番四次向小野阿通送礼致信。

沼田的妻子小松殿火眼金睛，就算到了上田，亦对一切心中有数。

"若京都、大坂有中意的女子，何不接回上田？"

小松殿淡淡说道。信之无言以对，深知妻子的直觉异常敏锐。

（她……莫不是察觉了阿通之事？罢了，那又何妨。）

古时男子三妻四妾是司空见惯，何况信之是一城之主，收几个侧室又能怎样？搬至上田之后，信之曾致函小野阿通，言道："信浓风土宜人，去别所温泉享受一番更是无比舒爽。若大人有意，不如就让铃木右近陪您前来。踏进信浓之后，就由我亲自给大人带路。"

信之再三相邀，无奈阿通皆不理会。右近的确将信之的亲笔信送到了阿通手中，但阿通并不是每封信都回，三封最多回一封。而且，那回信中的词句皆是不痛不痒、司空见惯的问候。

（阿通怕是不喜欢我……）

不满和失望席卷而来，信之的倾慕却没有因此退却。信之亦自知幼稚，无奈感情之事委实难以控制。

古时不比现下。京都至信州的路途遥远，一天内绝对无法来回。长年在京都过着优雅生活的小野阿通若要来一趟信州，得花上好些时日，更何况她是个女子。那漫长的旅途，就好比飞机还不普及时自日本出发乘四十余日的船漂洋过海去欧洲一般。

小野阿通年龄不详。有人说她是六十岁的老女，有人则说她不过四十出头，当然也有五十多岁一说。诸说暂且不论。信之去年上京时见到的小野阿通没有浓妆艳抹，脸上却全无皱纹，一头丰盈的乌发，声音极显年轻，让信之大吃一惊。

她拥有出类拔萃的学识和教养，曾侍奉秀吉、家康两位天下人，甚至有权自由出入皇宫，可谓当代首屈一指的女文化人，但又没有半点高傲之色。

信之密会幸村时，阿通的招待细致体贴，那纤细、美貌让信之难以忘怀。一言蔽之，他被小野阿通折服了。若是阿通那丰满雪白的肉体撩动了信之的欲望，信之大可借年轻侍女获得满足。小松殿给信之挑的千贺亦是年轻貌美，然而信之就是想跟阿通共度余生。

阿通的各个方面似乎都符合信之对女性的憧憬。

（若是见到我这副茶饭不思的模样，幸村怕是会捧腹大笑……）

信之只得苦笑自嘲。

然而，阿通毕竟是暗中剪下了弟弟幸村的遗发，让铃木右近将之送到沼田。由此可知阿通对信之的好意绝非一星半点。

信之确信阿通不讨厌他，结果更恨不得将她接来上田独占。

他一度想向将军秀忠和幕府申请去九度山给亡父扫墓，细细寻思之后又只得作罢。

要是去了纪州的九度山，自可顺道拜访京都的小野阿通府邸，亲口劝阿通来上田一行。然而，眼下提出此事只会招致幕府怀疑，所以他唯有装出完全忘了父亲和弟弟的样子。

德川家康肯将幸村妻女交给泷川三九郎照顾，这委实是不幸中的万幸，由不得信之再有更大的期许。

（我岂会如此天真……）

信之再次感叹。

# 第肆话

古时的男子对这类事驾轻就熟。他们很看重一言一语的分量。一旦如实道出想法，情况便会有些许变化，反而难以表达最真切的感情。

元和二年的冬日渐近。

"不如让矢泽但马守大人回上田吧？"

一日，家老木村土佐守如此说道。

"让但马守……"

"不错，以后就由我去江户府邸吧。"

木村土佐守一说，信之立时会意。

但马守矢泽赖康不光陪信之的两个儿子出征大坂，近年又替信之奔波劳碌，实是一等一的得力老臣。他虽然比木村土佐守小一两岁，毕竟年事已高，今年夏天曾卧病半月之久。信之当时没太重视此事。

这真是没有办法的事。信之一味回想着阿通的倩影，哪儿顾得上这些？

这时听木村土佐守一说，信之立刻点头道："是啊……你说得对。"

"您应允了？"

“那是。但是，但马守一旦回了上田，就要劳烦你去江户了。”

“这个自然。”

去江户府邸辅佐年轻的真田信吉，跟幕府打交道……这重任唯有被幕僚和将军熟知之人才可担当。除去矢泽赖康，便只有木村土佐守了。就这样，当年的年底，驻江户的家老换了人，但马守矢泽赖康回到了上田。

木村土佐守去江户劝赖康回去，赖康欣然从命。

重返上田的矢泽赖康自然是憔悴不堪。要知道，真田家此番出征和盯着信吉他们跟幸村交手的责任，皆由赖康一人担下。

“好生歇息吧。”

真田信之宽慰道。哪知老臣矢泽赖康竟讲出一条惊人消息。

樋口角兵卫当了尾张德川家的家臣。

“但马守，此话当真？”

“千真万确。”

“这……”

信之脸色一变。

去年正月去小野阿通府邸密会弟弟幸村时，信之听说角兵卫去大坂投奔了幸村，冬之阵时表现卓著。因此，他觉得角兵卫若非夏之阵随幸村阵亡，便是跑到了哪里躲着……

（这般汉子倘若战死，不会没消息吧？）

音信皆无，只好推测他是逃了。哪知他竟是去了尾张德川家！

这究竟是怎么回事？尾张名古屋地区的城主是家康九子德川义直。大坂一役，角兵卫曾随幸村杀向德川军，倘若没有内情，他如何去尾张德川家谋得一官半职？

"此话当真？"

真田信之不觉再度问道。

矢泽赖康是从尾张德川家的家臣中村清太夫口中听说这件事的，想来当无差错。

"前些日子，真田家的樋口角兵卫出仕了我们尾张德川家。"

赖康自然大吃一惊，再三追问，无奈中村清太夫只是尾张德川家派驻江户的家臣，不甚了解名古屋地区的情况。

"听说他的官职不高，但确实当了德川家的家臣。"

"这……但马守，你觉得呢？"

"唔……"

但马守赖康沉默了。

问题的关键是，樋口角兵卫没有隐姓埋名，更没有隐瞒他的经历。否则，尾张德川家的家臣中村清太夫便不会将此事告知矢泽赖康。

中村听到的消息，确确实实是"真田家的樋口角兵卫"当了尾张德川家家臣。这究竟意味着什么？莫非樋口角兵卫对关东有特殊贡献？否则德川家何以竟让敌方的战士来当家臣？

那角兵卫到底做了何事……

真田信之和矢泽赖康的想法如出一辙。

（角兵卫去了幸村那里，暗中向关东报信……）

只有这一个答案——角兵卫是关东密探！

真田信之一时黯然。

听说角兵卫逃离沼田，又回了九度山，信之满拟那便是角兵卫的宿命，不料竟酿成如此结果。然而，当时是信之难以容忍角兵卫从九度山回到沼田，角兵卫一怒之下才重回九度山的。

这期间是不是出了些事？

大坂城布满关东间谍。许是他们盯上了角兵卫，将他引进组织。

德川家康惧怕真田幸村，若角兵卫将幸村的兵力和动向告知关东，战后自然有望谋得一官半职。

矢泽赖康亦是同感。

"但马守……"真田信之寻思片刻，说道，"角兵卫之事，你没说出去吧？"

"那自然。"

"这件事……怕是我犯了错啊……"

矢泽赖康不答。樋口角兵卫实是真田昌幸之子，赖康一清二楚。他是听亡父赖纲说的。

"万一情况有变，恐将手忙脚乱，趁我还有一口气在，便把此事告知你吧……切莫说出去啊。"

信之明白赖康知晓了角兵卫的来历，却不说破。这两人不用明说，便知道对方想法。

古时的男子对这类事驾轻就熟。他们很看重一言一语的分量。一旦如实道出想法，情况便会有些许变化，反而难以表达最真切的感情。说话看似方便，实则不然。

眼前的问题是，矢泽赖康回了上田，而木村土佐守去了江户。此事总有一天会被土佐守得知。

信之一咬牙，问道："我觉得最好将角兵卫一事告知土佐守，你说呢？"

"我觉得不用。"

"唔……"

只见赖康点了点头。

信之听从了赖康的建议，说道："那好，就听你的。"

（但……角兵卫那厮去了尾张德川家之后，会不会太平无事……）

真田信之最担忧的便是这事。

然而，尾张德川家自有尾张德川家的优势。

（如此一来，角兵卫的情绪大概会平和些了。）

只可惜这不安毕竟是无法消除。

角兵卫成了不明所以的存在，天知道他会做出些什么事来。

话说回来，他现下是尾张德川家的家臣，信之自然无法管他，更没有必要管他。

信之决定来年春天将沼田府邸的角兵卫生母久野接到上田来。樋口角兵卫和真田家的联系，仅剩其母久野一人。

角兵卫没有将投靠尾张德川家一事告知信之，却不会忘了久野。

血，毕竟比水要浓。角兵卫自无斩断母子情分之意。

信之以直觉确信，将久野留在身边会比较好。

是年年末，沼田城内的小松殿病愈，派使者去上田告知信之——

"来年春天，我便去江户府邸。"

信之的妻子小松殿去了江户，当可打消幕府疑虑。

大名的嗣子和正室都要住到将军脚下。这是变相的人质。

（看来，又得让但马守去沼田一趟了。）

真田信之如此寻思着。

矢泽赖康自无异议。

对真田信之而言，元和二年是充满忙乱和踌躇的一年。

# 第伍话

真田信之跟草者本就没有太深的关系。关原、大坂两役之际，草者无一随信之投靠关东，便是明证。

元和三年开春，真田信之的妻子小松殿离开沼田，在刚回到沼田的但马守矢泽赖康的陪同下，去了江户的真田府邸。

德川家康灵枢自久能山挪至日光东照宫的日子将近，矢泽赖康要操办的事情数不胜数。他好容易重回沼田，自不想办事时出何纰漏。何况，他有好些事要交接给替他来到江户的木村土佐守。

而且，他要盯着投靠尾张德川家的樋口角兵卫的情况。

尾张德川家派驻江户府邸的家臣中村清太夫是矢泽赖康的旧识，两人关系紧密，时常交换政治情报。矢泽赖康离开江户之际，没有将木村土佐守引荐给中村清太夫，他后来时常追悔此事。

（樋口角兵卫之事，果然是告诉土佐守大人较好……）

角兵卫投靠尾张德川家，对真田家当无影响。若他以尾张德川家之家臣的身份安度余生，自然最好。信之打算"见机"将此事告知姨母久野。久野以为角兵卫战死大坂，日日至佛堂诵经念佛。若将她送到名古屋城的角兵卫府邸使母子团圆，想来当皆大欢喜。

矢泽赖康自沼田派来使者，求信之允许他陪小松殿同赴江户。

"这样啊……那就转告但马守保重身体，早日回沼田来。"

信之批准了。

新年刚过，真田信之便忙着推动上田城下町的重建工作。要想忘了小野阿通，上策自然是埋头政事。

大坂战争结束之后，真田家的那些旧臣不会悉数随幸村阵亡，但现下有确切消息的则唯有一个樋口角兵卫，余者皆无音信。

（不知那群草者下落如何……）

真田信之不时想着阿江、向井佐助、横泽与七等人。

（那群人中，总有活着的吧……）

德川家管理上田城时，真田庄的草堂被拆毁了。

真田信之跟草者本就没有太深的关系。关原、大坂两役之际，草者无一随信之投靠关东，便是明证。甚至可说，草者只是为真田昌幸、幸村父子而存在的。

信之没跟父亲和弟弟分开时，便不大理会草者。理由很简单——父亲昌幸对长子信之有些敬畏，而且表面上不大亲近信之。

后来，信之创立了沼田分家，更是几乎断了跟草者的接触。他身边跟草者有关之人，只有向井佐平次之妻、佐助之母茂枝。

茂枝和信之同龄，元和三年时都五十二岁了。

信之搬至上田时，小松殿嘱咐茂枝道："茂枝，主公就靠你照顾了。"

茂枝带着女儿阿春跟来了上田。她负责给信之缝制衣裳，同时吩咐侍女打点信之的起居。照理说，信之夫妇该给茂枝安个"老女"的身份才是，但无论他们如何劝说，茂枝都婉拒不接。

“小的别无所求，这样便好。”

这一点上，她跟向井佐平次真是如出一辙。

向井佐平次来到真田家之后全无名分，只想追随幸村而死。

茂枝坚信佐平次和佐助都随着幸村大人去了，但叔父横泽与七许还活着。与七离开草者小屋之后，便没了消息。他年事已高，自然不会随军上阵，而是在忍宿里暗中活跃。不过，与七毕竟是八十好几的人，搞不好大坂战役尚未开打就病死了。

茂枝和丈夫佐平次、儿子佐助共度的日子不多，又没有亲眼看到那两人阵亡时的样子，所以总有一种他们兀自活着的感觉。

（要不了多久，一家人便会去地府团圆……）

她只觉得这五十二年的岁月犹如南柯一梦。现下，茂枝唯一的愿望便是将女儿阿春嫁个好人家。

来到上田城后，真田信之曾喊来茂枝，问道：“阿春今年多大了？”

“回主公，小女今年十八岁了。”

“哦，一转眼都十八岁……该给她挑个好人家喽。”

“是啊……”

“阿春的婚事就交给我去办吧，好不好？”

茂枝立刻叩首，喜道：“谢主公！”

“嗬，你竟然有一口答应的时候。”

“主公见笑了。”

“好，好，此事就包在我身上了。”

信之一直没有对茂枝提到佐平次父子。

# 第陆话



真田信之的家臣小川治郎右卫门和马场彦四郎随行来到上田。

马场彦四郎是个鳏夫，小川治郎右卫门则有家室。后者家眷皆留在沼田府邸。

彦四郎和治郎右卫门同年，三十一岁。

信之曾几番劝道："彦四郎，何不再娶一房？"

"这……我真无此意。"

彦四郎殊无再婚的念头。

继承亡父家业时，彦四郎娶了一个妻子，然而七年前妻子病殁，没给他生下一子半女。听说他那位亡妻美貌过人。

"彦四郎怕是忘不了亡妻啊……"

家中之人皆如此议论。

马场彦四郎身材矮小，容貌不佳，言行举止却颇得体，办事极有分寸，口碑极好。他和小川治郎右卫门来到上田之后，一有空便切磋围棋，有时更会陪信之下个两盘。

两人都住在上田城中。

"等城下建设好了，我们有了各自的府邸，日子就舒坦了。是吧，彦四郎。"

"是啊。"

城下町需要重新布局。而且，真田信之决定改良水利、开拓新地、设立市场……可谓干劲十足。城下的布告栏中接连贴出新政令。

细数信州各地，上田地区的富饶算得上是数一数二。

（若父亲肯投奔德川家……）

信之不禁扼腕叹息。

战乱平息后，昌幸苦苦构筑的上田城回到其长子信之手中，自是理所当然。

（莫非父亲有意让幸村继承上田城？）

关原一役，真田昌幸若肯追随德川，现下只怕早有五十万石的封地了。而且其中绝对会有比上田更靠近中央的地区。那样的话，让长子信之去新封地继承本家，再让幸村以分家身份继承上田城主之位，亦是顺理成章。

"话说回来，彦四郎啊……这上田竟重回我们真田家之手，真是可喜可贺。"

小川治郎右卫门欣然说道。上田是他的出生地。

马场彦四郎附和道："确实可喜可贺。"

这个人究竟是何方神圣？大坂战役前后，马场彦四郎的暗中行动令人费解。他去京都时的可疑之举，简直不胜枚举。

然而，小川治郎右卫门对此一无所知。伊豆守真田信之亦然。

樋口角兵卫和彦四郎的关系确实惹人猜疑。

马场彦四郎对围棋非常执著，跟劲敌小川治郎右卫门切磋时，赢他一盘总嫌不爽，非要再赢一盘才行，而且经常大呼道："不雪耻，我彦四郎死不瞑目！"

下棋时的马场彦四郎杀气腾腾。

"罢了罢了，彦四郎。"

"不行！不行！"

"下回再说吧。"

"不行！万万不行！"

彦四郎总会威吓治郎右卫门，犹如变了个人。

他只有跟真田信之下棋的时候才会爽爽快快掷子认输。

"属下棋差一招，甘愿认输。"

小川治郎右卫门无奈之下，只得由着彦四郎胜他两盘。

那样一来，彦四郎便会大点其头，少年般天真笑道："好，好，就这样了。痛快啊，痛快！"

"老公，我看你以后别跟彦四郎大人下棋了。"

妻子伊佐时常劝说治郎右卫门。

"跟他下棋确实累，以后不跟他下了。"

治郎右卫门总是点一点头，如此说道，但很快又忍不住去跟马场彦四郎切磋一番。没办法，真田家足以跟小川治郎右卫门切磋棋艺之人，就只有彦四郎。

治郎右卫门不重胜负，只是喜欢下棋。

"话说回来……"小川治郎右卫门跟妻子伊佐聊道，"他为何不续弦呢？"

"是啊……"伊佐亦觉得奇怪。

古时的男子无论身份职业，首要任务便是延续香火，更何况马场彦四郎是深得真田信之信赖的家臣，无意再婚不免令人费解。

别忘了，彦四郎才刚三十出头。

"有时我真摸不透彦四郎大人……"

"摸不透？"

"是啊。"

"此话怎讲？"

"那我就直说了？"

"但说无妨。"

"总觉得他是个来路不明的人……"

"嗬……"

女子的直觉就是如此神奇。每每见到来府邸下棋的马场彦四郎，伊佐总会暗暗一慌。那慌神跟彦四郎的魅力无关。说白了，便是一看见此人就不舒服。然而，伊佐无法说得太直接。

"搞不懂……"治郎右卫门侧头纳闷，"竟说彦四郎来路不明？"

妻子的话着实出人意料。

彦四郎之父马场弥右卫门是关白丰臣秀次的家臣。秀次受太阁秀吉责罚，去高野山切腹之后，马场弥右卫门便投靠了真田昌幸。此事曾征得太阁首肯，全无疑点。

对小川治郎右卫门而言，马场彦四郎是求之不得的棋友。二人都是真田信之的近臣，堪称相交甚欢。

治郎右卫门眼中的彦四郎是个怪人，亦是个有趣之人。

同是男子，治郎右卫门从男子的角度猜测，彦四郎不肯续弦是因他忘不了貌美的亡妻。

（再等几年，他就该变卦喽……）

治郎右卫门身材高大，性格大大咧咧，听妻子伊佐说彦四郎是来路不明的男子，不由一惊。

来上田后，妻子的话语不时在治郎右卫门脑海中闪过。

（费解……）

这个彦四郎不管从哪里看，都不像个来路不明之人。

况且，治郎右卫门无比敬慕的信之不正是对彦四郎信任有加？他深信信之看人不会有错。信之的近臣，算上小姓共有十几个人。而信之最倚重的不是别人，正是那马场彦四郎。

治郎右卫门从不曾嫉妒彦四郎，其余家臣亦不说彦四郎的坏话。

（伊佐怕是想歪了……）

彦四郎来府里喝酒下棋时，伊佐自然不曾摆过脸色。

总之，妻子的话语着实让小川治郎右卫门大吃一惊。

不少人为彦四郎说亲。一位错过婚期的侍女倾慕彦四郎，结果就托家臣中的亲戚提亲。可见彦四郎在侍女中的口碑极佳。

（来路不明……伊佐这话说得真是……）

真田家侍女之中，只有一人跟伊佐的看法相同。那便是茂枝。

当然，茂枝从未将这一直觉说出口来，亦未表现到态度中。

# 第柒话



元和三年初夏的一个早晨，马场彦四郎出了上田城横曲轮的大门。

不当班的日子，他常会去城郊骑马散心。这是他在沼田时便养成的习惯。

当然，在沼田时他会从自家府邸出发。如今他居于上田城内的长屋，只得将栗毛爱马拴在城内横曲轮新设的大马厩里。

待上田城下町的兴建工作结束，彦四郎便会拥有他单独的府邸。然而，他曾对小川治郎右卫门说道："我没有家眷，住城内反而方便。"

彦四郎无妻无子，仆人自然没有几个。

（啊，马场大人又要去散心了。）

见彦四郎走向横曲轮的大门，站岗的士兵均如此想。谁都不会动疑念。他们给彦四郎拉开城门，低头问安。

"好。"

彦四郎点了点头，微微一笑，轻踹马腹离去。

士兵们用饱含善意的目光，望着他渐行渐远。

不久，马场彦四郎行经上田台地东侧，自千曲川的浅滩奔向盐田平方向。这一带离别所温泉大概有两里半。

离开千曲川之后，彦四郎放慢速度，缓缓去向别所。初夏清晨，树木和青草的香气渐浓。莫非他打算去别所温泉偷得浮生半日闲？

彦四郎用绳子将较深的草帽绑在背后，过了千曲川，便戴上了草帽。时间犹早，阳光更不刺眼，何以却要用草帽挡住面孔？须知，统治这里的不是别人，正是彦四郎之主真田信之。

无风无雨，晴空万里。马场彦四郎行了一里路，离开了主干道。前方是一片深深的森林。彦四郎刚要踏进森林，忽又一抬草帽，游目四顾。如此凝立许久之后，才真正进了森林。

太阳尚未完全升起，林中有些昏暗。前一天下了雨，泥土湿漉漉的。

彦四郎在树丛间缓缓穿行，中途两次停下来回头看去。

鸟鸣阵阵。马场彦四郎继续往里。

突然，他勒住了马。前方栎树的树荫里面出现了一个人影。

彦四郎下了马，若无其事地望着来人。男子同样戴着草帽，一副寻常百姓的打扮。彦四郎没有摘下草帽，男子却摘下了帽子。只见他四十许间，脸被晒得黝黑，看模样确实是普通百姓。

那男子跟马场彦四郎低低交谈许久。两人坐在树荫下，竖着耳朵听对方说话。

密谈长达一刻——两小时。

二人均肃容听着对方的一字一句。彦四郎甚至打断男子的话，闭上双眼，仿佛要反刍他的话语，继而睁开眼示意对方再说下去。百姓打扮的男子亦然。

一刻后，两人把该说的都说完了，也把该听的都听完了。

"告辞……"

"好。"

两人站起身，不约而同戴上草帽，藏住面孔。

男子背对彦四郎，迅速消失在树荫中，连脚步声都没留下。马场彦四郎驻足不前，竖起耳朵，以防周围有异常动静。

须臾，彦四郎跨上静静等候的爱马，离开了森林。


是日下午，马场彦四郎来到别所。他把马拴在了别处。

天神岳山脚下的别所温泉共有三个泉眼。该温泉历史悠久，自古便有"七久里之汤"的美誉。

三十五年前的天正十年，草者阿江从信州高远城救出向井佐平次之后，曾带佐平次来此地疗伤。当年的佐平次刚十九岁。

正是这别所的浴池里，佐平次第一次见到了源二郎——真田幸村。

幸村比佐平次小三岁，那时只是个十六岁的少年。

向井佐平次三十五年前泡的那个浴池一如既往。

木板搭成的屋顶和墙壁虽由别所村人稍加翻新，却足以让佐平次见到之后大吃一惊。三十五年的岁月，仿佛从来不曾流逝。

三十五年里，天下有了翻天覆地的巨变。

战乱，结束了。

甲斐武田家灭亡，眼看着便要一统天下的织田信长突遭明智光秀背叛，命丧本能寺，其事业由丰臣秀吉接管，结果又成了德川家康的囊中物。

真田家的兴败隆衰，跟向井佐平次的一生休戚相关。

十六岁的幸村曾对草者小助和七郎说道："那风穿膛而过，感觉我的心、肠子和肝都随风一起从体内飞到外面去了，实在太刺激、太舒服了。"

三十五年前的幸村赫然说出了这番话。

比自己小三岁的少年竟会有如此感想，向井佐平次真是大感惊愕。

而且，幸村又对他说道："我早就想要一个像你这样的随从了。"

而且……

"我觉得你我有一天会一同死去啊。"

佐平次简直不敢相信耳朵。他一慌神，只得抱住幸村的腰，任幸村策马扬鞭。

前年夏天的大坂一役，真田幸村的可怕预言竟成现实。

话说回来……

马场彦四郎走进别所温泉的浴堂。

温泉共有四个浴堂，而这正是跟真田幸村、向井佐平次大有渊源的那个。浴堂没有门，硫黄味的水雾溢出窗外。不知何处的老莺声声鸣啼。

彦四郎脱下了外套，许是放在马背上了。他的腰间别着把短刀。这便是出门散心的彦四郎的标准行装。

浴堂后方便是悬崖。青叶郁郁葱葱，包覆着整个浴堂。

一进浴堂，彦四郎便摘下草帽，宽衣解带，一丝不挂。

（咦……）

他不觉盯着浴池里面。本以为这个时间不会有村人沐浴，不料微风从窗口吹进之际，水雾中竟显出一个背影。

浴池里有个人，而且是个女人。

女子背对着彦四郎，正在洗发。她弯着腰，圆润的臀部映入眼帘。大概是村里的女子吧。她不算年轻，但若以古时的标准而论，倒算得上是珠圆玉润。彦四郎猜她大概三十出头。

女子似乎没察觉有人进来。彦四郎纹丝不动，直愣愣盯着女子的臀部，咽了口唾沫。可惜那声音被涓涓泉水与屋外的水流声给盖住了。

丰盈的乌发，洗得一干二净的背脊与臀部一摇一摆……

马场彦四郎迈出一步，又一步。环视四周，浴堂里就他们俩，别无他人。

彦四郎弓着腰，绕着浴池边缘朝女子逼近。女子犹未警觉。

窗外传来风声。突然，马场彦四郎朝女子扑去！

女子转过身来，却没有出声。水雾缭绕之中，一对双峰跃然眼前。彦四郎抱住女子，将她按倒在地，把脸和身子凑了上去。女子一声不吭，伸手摸到了彦四郎下巴附近。说是拒绝吧，又没有大喊大叫。而且，女子的大腿肆意张开，仿佛正等着彦四郎临幸。

（得手了！这个农妇独自来到这里，说不定就是要等姘头……）

彦四郎正要吮吸女子的双唇，哪知托着他下巴的手突然轻轻一伸。

"啊……"

惨呼之人不是女子，而是彦四郎。

女子右手的手指插进了马场彦四郎的左眼，继而将剧痛中的彦四郎狠狠一推。

彦四郎被推进了浴池。

"唔……"彦四郎挣扎着站起身来，吼道，"站……站住！贱人……"

当他爬出浴池时，那女子早就没了影子。

"站住……站住！"彦四郎抽出短刀，强忍着剧痛要追那女子，"唔……"

无奈他左眼剧痛难耐，一时只得蹲坐在地。


翌日傍晚，马场彦四郎本该去上田城本丸的伊豆守信之居馆值班，哪知实际出现者却是小川治郎右卫门。

"这不是治郎右卫门吗？彦四郎呢？"

"他受伤了。"

"哎？"

"他昨天出城骑马散心，不慎被树枝划伤了左眼……"

"啊？被树枝给划伤了？"

"不错，他本人确实是这样说的……"

"嗯……"

真田信之满脸狐疑。

（马儿跑得再快，堂堂武士岂会如此失态？）

小川治郎右卫门亦是同感。

"此话当真？"

"千真万确，我去探望了，他的左眼确实受了伤。"

"会不会失明？"

"医师上了药，情况不甚明朗。"

"这……"信之寻思片刻，说道，"知道了。"

"那属下先告退了。"

小川治郎右卫门退至隔壁待命。

伤了马场彦四郎左眼的女子再度现身。

傍晚时分，十余个村人来泡温泉，一解劳动的疲乏，其中有男有女。女子脱下洗褪色了的衣服。混浴的人们完全没理会这个女子。女子向村人们点头示意，去了浴池的角落。

这个女子不是别人，正是草者阿江。

阿江已年过花甲，但身材保养得极好。马场彦四郎觉得她只有三十出头，纵然跟浴堂里的水雾有关，总归是不可思议。

然而，世间无奇不有。小野阿通便是一例。现代女性中亦有青春永葆之人，作者我就认识不少。

外人看来，阿江正享受着温泉。

（那男子……）

下午戳伤男子的左眼之后，阿江躲到了树荫里，目送对方踉跄走远。浴池里没看清楚，可一出浴堂，阿江便看清了他的容貌。

阿江见过他。

大坂跟关东眼看便要开战之际，阿江曾监视小野阿通的府邸，撞见两名武士从那里出来。其中一人是樋口角兵卫，另一人便是这马场彦四郎。

（角兵卫大人何以会去阿通府邸……）

此事固然出乎意料，阿江却因故选择跟踪和角兵卫分道扬镳的马场彦四郎。结果，她看到彦四郎进了京都室町的真田府邸。阿江当时尚不知彦四郎的名讳，她是事后才查明他身份的。

阿江和别的草者都隐隐觉得马场彦四郎虽是真田家臣，暗中却跟关东有些联系。无奈当时的真田幸村懒得再理会敌我双方间谍，甚至留下了举止可疑的角兵卫，任他自由行动。

所以，草者们便尊重幸村之意，将一切都赌进了最后决战。

阿江瞧着马场彦四郎走进浴堂远处的树丛，勉强穿上外套，上马逃回上田。

（彦四郎仍是真田家臣，而且跟来了上田……伊豆守大人知不知道那人的底细呢？）

她知道幸村曾评价兄长信之是天下人之材。

（兴许伊豆守大人明知他是奸细，却故意……）

对阿江等草者而言，真田家只有真田昌幸和真田幸村父子。他们对真田信之殊无亲近、敬慕之情。阿江之所以来到别所温泉，只是想要联系残存的草者。

向井佐平次、佐助父子自不用说，随幸村同赴五月七日之役的草者，怕是无一幸免。但是，总有些没上战场的草者。倘若横泽与七等人尚在人世，大家一定会联系上。

不过，就算联系上了，又能如何？

# 第捌话



　　去近江彦根城下经营"钱屋"的横泽与七带着三名草者，再算上大坂失守之前逃往彦根的权左，共计五人。

　　（他们估计都活着……）

　　不过，权左年近九十，他本人也常说自己没准哪天就咽气了。

　　战火平息后，阿江立刻赶往彦根城下，发现横泽与七的商铺早已关门大吉，一行人不知去了何处。

　　草者的忍宿和小屋都有危险。女忍者阿忆许是被关东忍者抓了去，难保她不会招出忍宿的位置。事实上……

　　下久我和夜泣峠的小屋就被关东忍者寻了出来。

　　大坂夏之阵结束一年后，阿江去了那两个小屋，亲眼看到小屋被毁的惨状。恐怕阿忆一招，关东便派人杀来，欲活捉幸存的草者和真田余党。不料真田余党不见人影，他们只得毁掉小屋。

　　莫非阿忆把一切都招了？非也。她对彦根城下的"钱屋"只字未提。因之，关东的魔爪没有伸向那里。

早知如此，就不用让横泽与七逃跑了。但是，阿江的指令确实合情合理。

阿忆不知道的小屋只有一个，那就是信州上田、盐田平、深志的道路分岔点附近的——地藏峠小屋。

甲斐武田家尚存之时，地藏峠小屋便是真田草者的重要基地。阿江昔年从高远城将救出井佐平次救出以后，便曾来这里帮他疗伤。

小屋大概有五坪大，位于路边的黑松林中，极为坚固，而且配有地窖。

根据真田庄草堂前任首领横泽与七的说法，阿忆根本不知道地藏峠有小屋。阿忆开始当女忍者的时候，武田家早都灭亡了。

地藏峠小屋对真田家根本没用。因此，大坂失守前，阿江让权左去彦根告知幸存的草者去地藏峠小屋集合……这便是阿江来到地藏峠的缘由。

哪知她竟然一个草者都没看见。她在小屋逗留月余，一边修缮一边等候，无奈就是没有草者前来。

（咦……）

就算权左去彦根时出了事，横泽与七总该想到带人来这里会合才是。莫非其余草者都被关东忍者抓了，甚至惨遭杀害，唯有阿江幸免？

为了收集线索，阿江无数次离开地藏峠小屋，又无数次回来。无奈竟是线索全无。两年的光阴转眼间就没了。

（是该放手了……就剩我一个了……）

别所温泉中的阿江寻思着，孤独涌上心头。无法名状的空虚和寂寥之感，让阿江坐立难安。

清理下久我小屋之时，阿江顺便取出了藏在暗处的金银，就此衣食无忧。

然而，草者阿江日后该何去何从？

全无用武之地了。没有家，没有家人，没有草者的目标……

一切皆成虚无。

阿江为真田家舍命奋战，却只奉昌幸和幸村为主，跟信之无关。

（今后我该如何是好……）

真田幸村命阿江好生照料幸存的草者。若非身负重任，阿江早就女扮男装上了战场。

（早知如此……真该违背大人之命，随佐平次、佐助父子和其余草者同死……）

她甚至暗暗决意，不惜孤身一人去拿大御所德川家康的人头。家康酷爱放鹰，带的随从又少。阿江的体力虽然大不如前，却有"拿下"家康的自信。哪知大战刚一结束，家康便轰然病倒，继而一命归西。

这却让阿江如何是好？

（对了，昨天……）

浴池中的阿江露出阔别已久的微笑。不知不觉，其余村人都走了。

（真想一死了之……）

阿江深受寂寥与无聊之苦，不料昨日竟在这浴堂撞见了马场彦四郎，而且此人竟想侵犯阿江。

一开始，阿江没认出他，顺势装出屈服于男子淫威的模样，趁机将手指戳向男子左眼。对阿江而言，这一切轻而易举。她后来才看清踉踉跄跄冲出浴堂的竟是马场彦四郎。

（区区小事……）

说实话确是小事，然而，阿江许久不曾体验如此刺激了。

她坚信马场彦四郎是关东派去刺探真田信之的奸细。

（兴许伊豆守大人对此一无所知呢……）

想到这儿，阿江不禁苦笑。

马场彦四郎不知阿江是何方神圣，竟在浴堂中向她扑来。好一出闹剧。

（接下来该怎么办？）

阿江一会儿下池，一会儿又出来，全无厌倦之意。

（索性耍耍那马场彦四郎吧？）

沉睡在阿江心底的玩心抬起头来。

（这下可有意思了……）

阿江对真田信之没有特殊的感情。她脑袋里只有真田幸村。

而幸村称信之是足以治理天下之人。幸村曾对阿江提到，接班将军德川秀忠根本没办法和他兄长信之相比。

（大人……此话可是当真？）

阿江默默询问着阴间的真田幸村。

（伊豆守大人甚至都没察觉马场彦四郎是奸细……）

马场彦四郎竟敢在"办公"的地方——真田家封地——侵犯陌生女子，照阿江的说法，他简直就是奸细中的败类。

真田信之连如此失败的奸细都发现不了，让阿江大失所望。

（要不……顺便要耍伊豆守大人？）

转念一想，逝去的真田昌幸、幸村父子无疑将延续真田家的重任交给了信之。

因此，阿江总得替真田信之着想一下，否则恐会违背幸村遗愿。

反正马场彦四郎的真正身份总归是要探清的。

若此人真是关东奸细，自然就会有人前来接头。

（好……我该打点打点喽。）

夜已深，但阿江无意离去。

（干脆不回地藏峠小屋了，就在这里歇息吧。）

阿江打算明天打扮成老婆婆的模样，重回此前敬而远之的上田城，先查出马场彦四郎住的地方。她不知道彦四郎就在上田城内起居。

# 第玖话

（像我这样身负秘命之人成百上千，皆潜伏于<br>各地大名家中……）

马场彦四郎的左眼没瞎，皆因阿江手下留情。

（区区小事，不至于就弄瞎了这个人的眼睛……）

阿江以为他是当地百姓，若知道扑来之人是彦四郎，恐怕他无法全身而退。

三日后，经医师治疗，马场彦四郎的左眼有所好转。信之听完小川治郎右卫门的禀报，仿佛也松了口气。

"哦……那便好。"

彦四郎本以为左眼会失明，如此结果自是不幸中的万幸。

虽然庆幸，却犹自不安。

（那女子究竟是何方神圣……估计她不认识我吧，当真是胆大包天……）

彦四郎竟用"胆大包天"来形容阿江，这委实可笑。无奈他不知阿江身份，见那女子如此反击、如此扬长而去，不免惊讶万分。

（普通女子决计不会如此……）

越想，对那女子的憎恶与愤怒就越深。

（混账……下次见面，决不轻饶！）

彦四郎心有不甘，夜不能寐。

那不是他第一次侵犯当地女子。来上田后，他早就得手了一回；以前住在京都府邸时亦曾得手两次。

这些年来，马场彦四郎巧妙执行关东方面的指令，从来不曾失败。哪怕是棋友小川治郎右卫门，都没察觉他的身份，其主信之更不用说。

彦四郎的经历千真万确，其亡父马场弥右卫门确实是关白秀次的家臣。

秀吉让秀次切腹之后，马场弥右卫门全赖德川家的家臣酒井重忠出面，才得以投靠真田家。酒井重忠称赞马场是个尽忠职守的汉子，真田昌幸便收留了他。

重忠之子忠世（上野伊势崎，十二万二千石）肩负辅佐将军秀忠的重任，是幕府重臣之一。真田昌幸和重忠关系密切，便顺势做了个人情。实际上，他对马场弥右卫门根本没有兴趣，所以才会让他去当长子信之的家臣。

从那时开始，马场弥右卫门便身负关东密令。后来，他又将这项机密任务传给了儿子彦四郎。彦四郎自幼以小姓身份伺候信之，表里如一，深得信之信赖。不知弥右卫门是何时道出真相的，但这对父子确实一直认真当着真田家的家臣。

如前所述，彦四郎成过一次亲。貌美如花的妻子没给他生下一子半女便撒手人寰，让彦四郎至今难以忘怀。这的确是他迟迟没有再婚的缘由之一。

然而，彦四郎自知总有一天会再婚。他要将德川幕府的密令传给后人，就像当初父亲将任务交给他一样。所以，他要经由再婚，获得一位继承人。

（像我这样身负秘命之人成百上千，皆潜伏于各地大名家中……）

想到这儿，连彦四郎都不禁惊叹关东的间谍网。

彦四郎再三拒绝真田信之说媒，其实另有一番缘故。

他想在这两年里保持现状。只因他不确定未来会不会出现某种变化。在那变化显而易见之前，他不想续弦。

大坂战役之后，情况渐变。

跟其他男子相比，马场彦四郎的性欲不算特别强，却毕竟是个丧妻的壮年男子，渴望女体自是情理之中。事实上，他跟沼田府邸的不少侍女有染。

那又何必假借散心的名义去侵犯当地百姓女子？原来，彦四郎尝到了甜头，觉得侵犯陌生女子特别过瘾，以致那股冲动变得难以压抑。

企图侵犯阿江时，浴池里水雾较浓。

彦四郎暗想对方铁定看不清他，结果就没有遮脸。

平时，他都会用准备好的布片将脸蒙住，确认四下无人之后，突然扑向民女，待女子昏倒，再将之拖进树丛……

这一过程令彦四郎热血沸腾。

（想不到别所温泉竟有如此女子……日后真要加倍留意……）

彦四郎不光憎恨阿江，而且进行了自我反省。

（日后怕是得收敛些了……）

彦四郎如此自我警醒，却实无自信。

数日后，眼伤痊愈的马场彦四郎进城致歉。

信之见他来了，正容说道："你好歹是个武士，骑马散心可以，但也得小心点儿，免得遭人耻笑。"

"属下知错了……"

彦四郎伏地行礼，脖颈冒出冷汗。这是他第一次挨信之骂。

马场彦四郎退下后，去了家臣们待命的房间，对小川治郎右卫门说道："主公将我臭骂了一顿。"

"哈哈哈……是不是说你骑马时太不小心？"

"是啊……我的确太大意了，现在想想都面红耳赤……"

# 第拾话



江户真田府邸的矢泽赖康给上田来了封信。

今年春天时，赖康陪着真田信之的妻子小松殿去了江户，顺便把木村土佐守引荐给了尾张德川家的中村清太夫。

按照中村清太夫的说法，樋口角兵卫去了尾张德川家之后，非常老实。

看完赖康的信，信之如释重负，叹道："角兵卫总算安顿下了……"

然而，矢泽赖康的来信中有一惊人消息。

前些日子，德川家旗本泷川三九郎来访真田府邸，受到小松殿热情款待。

经由德川家康的安排，真田幸村的妻女皆由泷川三九郎照顾。信之夫妇对此自甚感激，却又不敢明示这一番感谢之情。

幸村毕竟是敌方名将，照理说其家眷早就该被处决。

战后不久，幸村之妻就病逝了。三九郎这时才将该消息告知真田家，皆因他深知伊豆守信之的尴尬立场。

信之立刻派矢泽赖康去泷川府邸郑重道谢，送上谢礼和供奉於利世夫人所需银两。

话说回来，泷川三九郎为何造访江户的真田府邸？原来，幸村留下的两个女儿中的姐姐阿梅要成亲了。

阿梅未来的夫婿是伊达政宗的家臣片仓小十郎重纲——日后的片仓重长，素有"魔鬼小十郎"之誉。大坂夏之阵时，他担任伊达部队的先锋，攻打由后藤基次镇守的小松山。这般人物主动提出要娶幸村之女，自是一件好事。泷川三九郎征求了阿梅的意思，谈妥婚事。由此可见，片仓小十郎和泷川三九郎都不顾虑德川幕府。

德川家康生前，三九郎提出收幸村之女当养女，得到了家康的同意。

就算她们是真田幸村的亲生女儿，现下亦是泷川三九郎的养女。

——何惧之有？

三九郎和片仓小十郎英雄所见略同。

话说回来，真田幸村昔日险些拿下大御所家康的人头。

一个说道："希望迎娶真田幸村之女。"

另一个则答道："好！"

两人无疑需要相当大的胆量。

世人皆知将军秀忠非常厌恶真田家，怎奈他和幕府都无法反对这宗婚事。只因阿梅名义上是泷川三九郎之女，而且此事是家康生前亲自批准的。

婚事谈妥，皆大欢喜。

片仓小十郎曾向伊达政宗恳求道："我想迎娶勇将遗珠，万望大人首肯。"

政宗欣然点头。

说到片仓家，下面这段逸闻不可不提。

数十年后，信之的孙子真田幸道登门拜访伊达家的江户府邸，负责迎接幸道之人正是伊达家的家老片仓冲之助。幸道一见之下，登时一怔，想不到冲之助的礼服上竟绣着"六文钱"的图案！

真田幸道自然知道片仓家的小十郎重纲之妻便是真田幸村之女，但这"六文钱"毕竟是真田氏的家纹，而非片仓氏的家纹。

幸道不觉问道："这是……"

片仓冲之助微微一笑，昂然说道："左卫门佐真田幸村的武名响彻天下，片仓家得娶其女，实是家门之幸。"

真田幸村在大坂战役中的杰出表现，由此可见一斑。

话说……

泷川三九郎见到小松殿和矢泽、木村二位家老之后，自称阿梅成了他的女儿，婚庆诸事自当由他操办，然而信之毕竟是真田氏本家当主，若信之肯赐下一套婚礼衣裳，阿梅无疑会又惊又喜。

（哎呀，泷川三九郎想得真是周到……）

信之读着矢泽赖康的来信，一时热泪盈眶。

（三九郎大人的大恩大德，信之没齿难忘……）

数日后，小松殿的使者亦带着信来到上田。小松殿同样对泷川三九郎赞不绝口，来信称会将阿梅的婚礼衣裳准备妥当。

是年秋天，阿梅完婚。

# 第拾壹话

恩情这东西，大家各自有数便是。

泷川三九郎自然将片仓小十郎与阿梅的婚事上报了幕府。

三九郎夫妇忙着筹备婚事，哪知梅雨季节刚到，泷川家竟出一件大事。

泷川三九郎一绩是织田信长麾下猛将泷川一益之孙。关原之战打响前，真田昌幸将他和阿德之女於菊交给了三九郎。那之后，三九郎一度当了中村一忠的家臣。后来，三九郎的叔父——德川家家臣泷川一时——突然病逝，三九郎便接受幕府的安排，继承了叔父家业。

叔父一时留下个两岁男孩，名唤一乘，只因是妾室所出，不曾上报幕府。若一直无人出头继承家业，泷川一时家恐会断了香火。一家人经过商议，向幕府提出由三九郎继承家门，余事待泷川一乘长大之后再议。德川家康尊重他们的意见，一手促成了此事。泷川三九郎就这样当上了德川家旗本，享有一千七百五十石的俸禄，这真是出乎意料。

三九郎一续天性闲适，从不忤逆命运的安排，迎娶昌幸之女时亦是如此。

这"随波逐流"四字，正是他的口头禅。

元和三年，泷川三九郎四十一岁，妻子於菊三十四岁。夫妻二人举案齐眉，恩爱有加，只是膝下无子。

话说回来，泷川家究竟出了什么大事？

是年，故去的泷川一时之子一乘年满十六岁，竟瞒着三九郎向幕府提出要三九郎让回俸禄！更有些亲戚暗中煽风点火，危言耸听。

"长此以往，泷川家许会被三九郎夺去！"

三九郎叔父一时的俸禄是两千石，三九郎当年继承家业时，将其中的两百五十石留给了一乘。其实，三九郎不用一乘逼宫，便会自动让回当主之位。这是当年继位时说好的事情。他只是觉得眼下没到时候。他本想再等五六年，待一乘娶了妻再让位，不料一乘竟突然向幕府申诉。

三九郎对妻子於菊苦笑道："这都怪我大意……"

部分亲族蠢蠢欲动，陆续高呼道——

"再这样下去，天知道三九郎会做出什么事儿来……"

"不错！趁现在……"

泷川三九郎于大坂战场表现卓著，却无实际封赏，只从德川家康手中要到了幸村妻女。封赏再大，对三九郎又有何用？而且，三九郎懂得家康的想法。

无奈世人不然。

"三九郎定是求大御所饶幸村妻女一命！"

"恃宠而骄，哼。"

以坐拥天下的德川幕府角度来看，真田幸村自然是一大战犯。若是接回战犯妻女安然度日就罢了，哪知泷川三九郎竟将幸村之女嫁给了伊达家的片仓小十郎。

当着现任将军秀忠的面，谁敢提到真田昌幸和真田幸村？谁不知秀忠对死去的昌幸、幸村父子是何等厌恶！泷川家的人们惧怕幕府和将军责罚，不免担忧泷川三九郎的出格之举。

听说将军秀忠甚至向重臣土井利胜打听道："那个三九郎跟真田幸村是不是一伙人啊……"

大坂战争罢兵期间，幸村曾去鹬野的沼田真田家阵所跟三九郎把酒言欢，此事无疑被家康和秀忠听说了。

"简直岂有此理！"

三九郎的至交好友纷纷劝三九郎对簿公堂，然而，三九郎一脸平静。

"幕府让我退给他，退给他不就行了？"

他又对於菊说道："不就是打回原样嘛。"

"就是。"

好一对宠辱不惊的夫妇。

反倒是真田信之夫妻、片仓小十郎和矢泽、木材两位家老忙个不停。

幕府没有命令三九郎将所有俸禄都退给泷川一乘，而是——

退回七百五十石。

加上旧有的两百五十石，泷川一乘便成了俸禄千石的旗本。

剩下的一千石继续由泷川三九郎享有，但是泷川家的府邸要交给一乘。

“遵命。”三九郎淡泊如故，调侃道，“项上人头就算是保住喽。”

如此这般，三九郎成了独立的旗本，美滋滋看着阿梅婚期将至。

他将市谷的泷川府邸交给一乘，搬去了芝地区备前町的新府邸。新府邸虽然是幕府给的，却比市谷的府邸要小。听闻此事，真田信之立刻派人去了江户的真田府邸，吩咐众家臣对泷川三九郎善加关照，以保其衣食无忧。

三九郎对真田家的好意不置可否，能收的便收下，不能收的便婉拒。三九郎无欲无求，更不求出人头地。他不管身处怎样的逆境，都会淡然面对。

麻烦的是，俸禄一分为二，家臣和仆从自然跟着要分开。调给泷川一乘的家臣之中，有一大半都想继续追随三九郎。

“跟谁都一样啦，”三九郎劝道，“不，跟着我反而不好。我膝下无子，后继无人。”

膝下无子一事其实不难解决，只要让养女栗子招个女婿就行了。

“此事兴许能成，兴许成不了。毕竟世事难料。”

三九郎对好友们如是说道。

信之长子信吉替父亲逗留江户时，小松殿一有空便对儿子讲述泷川三九郎和真田家的渊源。就算有一天信之撒手人寰，真田家都万万不该忘了三九郎的恩情，哪怕三九郎根本不以恩人自居。

恩情这东西，大家各自有数便是。

以三九郎的感受来说，娶了於菊，跟真田昌幸、信之、幸村三人结下亲缘，这就是无上光荣。

眼下，武家之人皆要看将军和幕府的脸色度日，唯有三九郎一身轻松。

真田信之不禁叹道："真羡慕他啊……"

数年后，泷川三九郎打算把养女栗子嫁出去了。栗子的夫婿，是伊予松山城主蒲生忠知的家臣蒲生乡成之子——蒲生乡喜。

听闻婚事的消息，栗子一度拒绝，对三九郎夫妇说道："女儿若是出嫁，如何报答养育之恩！"

她觉得，唯有招个上门女婿延续三九郎的香火，才足以报答养父母的恩情。

然而，三九郎答道："这点小事无所谓的，别想啦。"

泷川三九郎根本不拿家门存续当回事，所以他才自由活着，没有趋炎附势。不管於菊有没有孩子，三九郎始终如一。

事实将证明这一点。

然而，伊豆守真田信之坐不住了。

（若是放任栗子嫁人，我有何颜面去地下见幸村夫妇！）

信之和栗子的想法完全一样。他立刻派人去江户劝说泷川三九郎，而且带去了亲笔信。

"希望您取消这门亲事，咱们得让栗子招个女婿才行！"

三九郎之妻於菊是信之的异母妹妹。妹妹无法生育，再不让栗子招个女婿进来，那真是太对不住三九郎了。

然而，三九郎明确答道："最重要的是栗子幸福。我的香火断了就断了吧，没关系。泷川家跟蒲生家的婚事都谈妥了，哪有此时再悔婚之理？"

# 第拾贰话



泷川三九郎之事，暂且按下不说。

梅雨季节之后，信浓的夏日甚是宜人。

是日一早，马场彦四郎再度策马出城。自打去别所温泉伤了眼睛，他便一直闭门疗伤，性格大有收敛。

堂堂武士，骑马时竟被树枝划伤眼睛，说出去成何体统。

"这个马场彦四郎竟然如此大意。"

"这年头，都是些不靠谱的武士……"

真田家的老一辈皆暗中嘲笑着他。

彦四郎的眼睛当然不是被树枝划伤，而是强暴民女时被对方手指戳伤。但其主信之若知晓了事情真相，肯定不会轻饶他。

"马场大人好久没出门了……"

"他这次该会留意树枝了……"

"啊哈哈哈……是啊，是啊……"

门卫们瞧着彦四郎骑马出城，纷纷说笑。

马场彦四郎的左眼确实痊愈了，幸好阿江手下留情，没伤了他的眼球。

彦四郎照例穿过千曲川，拿起背上的草帽戴在头顶，来到盐田平之后朝森林深处而去。那名男子就在老地方等候。

百姓打扮的男子同样头戴草帽，见彦四郎来了，便道："来……"

彦四郎下马，随着他走进树荫。两人一如既往，密谈许久。

"布谷——布谷——"

郁郁葱葱的青叶包围之下，两名男子的脸庞和身子仿佛都被染绿。

"明白了？"

百姓打扮的男子向马场彦四郎确认之后，站起身来。两人已谈了两刻（四小时）之久。

"遵命。"

"彦四郎，我以后不会再来上田了。"

"知道了。"

"而且，不会再有人联系你了。"

"明白……"

"以后无论进退，皆是你一念之间的事。务要审时度势。"

"好。"

"告辞。"

树荫中，男子消失不见。马场彦四郎则又站了片刻。

"是时候了……"

彦四郎喃喃自语，跨上树荫下的爱马，戴上草帽离开树林。他先往上田方向走了一会儿，突然又想起什么似的，掉转马头。

（那贱人没准又去别所温泉了……）

彦四郎仍不知阿江身份，只当她是偶尔来泡泡温泉的民女。

（那贱人被我扑倒，怕是吓了一跳，昏了过去……）

他回想着当时的情景。阿江最初确是浑身无力，全无抵抗之势。手指戳向他的眼睛时也不太凶狠。眼睛的剧痛令彦四郎放开女子，大声惨叫。女子这才回过神来，大吃一惊，一把推开彦四郎，逃了。

彦四郎认定一切纯属偶然。

（若是再见到那个贱人，决不轻饶！）

要趁四下无人，杀之后快。

彦四郎不但怒气未消，而且浮想翩翩……

（先奸后杀……）

朦胧水雾中的女体……丰盈的背脊与臀部在彦四郎脑中闪过。

（话说回来，那女人究竟是何方神圣？）

农家女子哪有大白天泡澡的。何况三四里外的村民亦会来别所温泉疗伤。总之，彦四郎并不确定那女子会现身。

走着走着，马场彦四郎对女体的渴望逐渐难以压抑。结果，他环顾四周，选了条偏僻的小路，穿过树丛缓缓接近别所温泉。夏日艳阳当空，彦四郎浑身是汗，欲火焚身，来到小河边的小路一看……

（咦？）

彦四郎让马儿躲进右侧树丛，下马之后，将马拴到了榉树上。远处的小河中，有个年轻女子正在洗发，完全没察觉彦四郎来了。

树丛中，彦四郎蹑手蹑脚。不久……

女子洗完了头发。马场彦四郎来到女子背后的树丛中，眼看着女子脱下衣物，用布蘸上河水，擦拭肩膀、胸口与手腕。

不是温泉里碰到的那名女子。她才是真正的农家女。

马场彦四郎凝视着女子蹲在树丛中擦拭汗水，两眼放光。

四下无人。女子穿上衣裳，拉过放在一旁的竹篮，突然回头一看。

（糟了……）

彦四郎身子一缩，幸喜那姑娘没发现他。她走进树丛，掏出一张草席，铺在地上，躺了下来，看来是要睡个午觉。

（嗬……好啊，好得很啊。）

还有比这更诱人的猎物吗？

彦四郎悄悄脱下裤，解下小刀。只听得女子微微一叹，不胜满足。树荫下的阴凉，无疑让她神清气爽。四周唯有鸟鸣。青叶的味道扑鼻而来。马场彦四郎匍匐前进，一点点朝那姑娘挪去。

马场彦四郎冲出树丛，对准姑娘胸口要害猛击一拳，姑娘顿失知觉，甚至无暇惨叫。

（得手了，得手了。在别所温泉那时也这么干就好了……那时真是太疏忽了……）

夏日里，农家女连贴身衣物都不穿。

彦四郎扯开洗得褪色的单薄衣物，一对丰胸显露无遗。他当然不肯就此满足，继续撕扯着姑娘的衣物。李子般的少女体味，让马场彦四郎忘却了自我。他匆匆脱光衣服，朝姑娘扑去。

这便是彦四郎记得的最后一件事。

突然，他的头部吃了一击。

"唔……"

彦四郎轻吟一声，便倒在姑娘身上，没了知觉。他的身后赫然站着一个百姓打扮的女子。正是草者阿江。

阿江瞥了他一眼，喃喃叹道："如此败类，竟然能当奸细？"

# 第拾叁话



马场彦四郎回过神时，真不知是何等狼狈。

他被绑在树干上，唯有一条兜裆布护住下体。

"啊……啊……啊……"

彦四郎大惊，狠狠挣扎，无奈就是挣脱不了。越是挣扎，细绳就勒得越紧。不知贼人是如何绑的。

他渐渐累得挣扎不动了。

"这……喂……喂！来人啊！来人啊！喂！喂……"彦四郎喊了几声，不料喉咙口的细绳越来越紧，"唔……唔……"

彦四郎的惊愕变为恐惧。

（这……这究竟怎么回事？出了什么事？我……我身在何处？）

一头雾水。姑娘早已不见人影。除了彦四郎，四下无人。

（这……这该如何是好……唔……哎呀！）

喉咙口的细绳越来越紧，吓得马场彦四郎浑身冒汗。

（糟……糟了……出大事了……）

这感觉生不如死。

突然，河边小道一带有人说话了，而且来人似乎不止一个。

（啊……糟了……被人看见可怎么得了……）

马场彦四郎被牢牢绑在树丛中，动弹不得，走在外头的人绝对看不见。他唯有屏息凝神，只见……

人群走进了树丛！

（咦？）

彦四郎登时慌了。

"就是这家伙？是不是他？"

十几个百姓将他团团围住。其中一人身着轻衫袴装，正是村落名主宫下藤兵卫。名主身旁则是方才险些被彦四郎强暴的姑娘。

姑娘指着彦四郎，大喊道："就是他！就是他！"

"胡……胡说！我不认识你！"

彦四郎几欲窒息。

宫下藤兵卫上前说道："休得狡辩！报上名来！"

"不知道！不知道！"

"嘿，自个儿的名字都不知道了？"

百姓们嘲笑着，怒骂着。

"畜生！"

"见鬼去吧！"

有人朝他脸上吐唾沫，更有人用棍棒打他的肚子和腿脚。马场彦四郎想喊却喊不出声，就这样再次昏厥。

此时的千曲川河滩上，阿江正牵着彦四郎的爱马，手里拿着个细长包袱。

过了千曲川，来到上田城附近之后，阿江拍了拍马儿，道："回城去吧。"

马儿朝上田城跑去。

见马场彦四郎的爱马独自跑回，门卫自是大吃一惊。

"怪了……"

"定是出事了！速速上报！"

消息传开。

"坏了……"信之听完小川治郎右卫门的禀报，惊道，"彦四郎要出事！"

"是啊……"

"他说没说要去哪里散心？"

"属下不知。"

"十万火急！速速派人去找！"

十余人冲出城门寻人。直到当夜，马场彦四郎犹自行踪不明。

他被关进了名主宫下藤兵卫家的地窖。去名主家的路上，彦四郎好歹披上了衣服，可如今又被绑在了粗柱上，一头乱发，脸上与四肢上满是血痕，此乃怒不可遏的百姓拳打脚踢所致。

"报上名来！"

"从何而来！"

百姓们百般质问，彦四郎就是闭口不答。这倒是合情合理。倘若身份和名讳见了光，他又有何颜面再见别人？

彦四郎拼命忍耐，宁死不说。

宫下藤兵卫恐吓道："你不说，我就不放你出去！"

（一定得逃出去……一定得逃……）

彦四郎如此想着，却苦无逃路。他整个人都被绑在柱子上，动弹不得。是夜，他本该去信之卧房的隔壁待命。

（这……惨了……见我迟迟不归，城中怕是乱了套……）

彦四郎惴惴不安。

（就……就没人来救我？）

哪里会有人来救。

倘若去林中跟他密会的那位关东探子听闻此事，大概会出手相救。但他又哪里会知道呢？要是知晓的话，不待村人杀来，早就出手救下彦四郎了。

（到底是谁把我……）

彦四郎百思不得其解。他做梦也想不到，这又是在别所温泉戳伤他眼睛的那名女子干的。

（对了……我的小刀和袍子呢？）

村人将彦四郎带来地窖时，他手中自然没了小刀。

他甚至不记得阿江用棍棒猛击他头部一事，只记得脱下浑身衣物正要侵犯那姑娘，而后便是一片黑暗……

头部隐隐作痛。

（有人打了我的头……我竟然如此大意……落得如此下场……）

彦四郎惊恐不安，欲哭无泪。村人将他绑好，便离开了地窖。地窖的门上了锁，入夜后也没人送来食物与水。可见村人之怒火中烧。

此事若是被真田信之得知，他会比村人更愤怒吧？堂堂真田家的家臣，而且是信之最信赖的近臣，竟然对封地内的民女图谋不轨……

（若是被主公知道了，怕是要切腹谢罪才行……）

# 第拾肆话

真田家素来贤明，绝不会不理农民们的申诉。马场彦四郎是信之的近臣，对这一点尤其清楚。信之一旦得知此事，绝不会置若罔闻。

天亮后，名主宫下藤兵卫睁开眼睛一看……

"咦？"

枕边竟放着封信。不，不光有信，还有个细长的布包。

昨晚深夜，藤兵卫就寝时，屋里还没有这两样东西。定是有人趁藤兵卫熟睡时，悄悄溜进了房间。

"这……"

藤兵卫喃喃自语，先拿起信瞧了一瞧。上面写着"名主大人亲启"字样，却没有写信人的名讳。藤兵卫环视四周，并无旁人。打开信函一看，内容如下：

"昨日所抓之人，实是真田家臣马场彦四郎。"

仅此而已。字迹刚健有力，但一看便是女子手笔。

（不会吧？）

宫下藤兵卫一时难以置信。

自真田昌幸至真田信之，藤兵卫对真田家的民政全无怨言。

　　昌幸增筑上田城时，藤兵卫亲自带村内壮丁去工地帮忙，只见城主昌幸亲自出马，挥汗如雨，满脸是土。当时，昌幸几次跟年轻的藤兵卫亲切交谈。

　　藤兵卫曾跟封地内的其余名主一同进城，所以认得信之、幸村兄弟。

　　（这又是何物？）

　　藤兵卫打开布包，只见里头装着袍子和小刀，附有一张纸片。

　　"此乃马场彦四郎之物。"

　　（莫非……）

　　莫非是昨日自暴徒手中救下姑娘，继而将那暴徒绑到树干上的人送来的？

　　姑娘醒来时，暴徒已是五花大绑。

　　（但是……这分明是女子的笔迹啊……）

　　令人不解的不仅于此。究竟是谁能来去如风？将这信函和物件放到名主枕边而不被发现？

　　宫下藤兵卫将信函与小刀放在架子上，唤来家人与仆人挨个询问，却无一人知情。

　　（这究竟怎么回事……）

　　藤兵卫用完早膳，收拾妥当，便开始寻思。

　　马场彦四郎倚着地窖柱子过了一夜。看守允许他小解，之后又把他绑了回去，只松开双手以便他吃下村人送来的稀粥。彦四郎全无食欲，无奈看守硬逼他吃。

　　"快吃！快吃！"

　　"还不吃？这可是名主大人法外开恩！有得吃就不错了！"

彦四郎本以为双手松了绑便有望趁机逃跑，然而地窖中共有六名村人看守，其中一人在彦四郎脖子上拴了根细绳，他若有可疑举止，那人只要用力一拉……

简直没有半点疏漏。

（啊……完了……这该如何是好……如何是好啊……）

好容易吃完稀粥，马场彦四郎的双手又被绑回了柱子上。

（傻等着也不是回事啊……得想想办法……）

他昨天曾自称是云游四方的浪人，不料被名主宫下藤兵卫一眼识破。只因他的打扮不像旅人，留的亦是武士发型，只是没有佩刀罢了，不免让宫下藤兵卫动了疑念。

不久，村人们离开了地窖。

"唔……唔……"

彦四郎呻吟着挣扎，可绳索毫无松开的迹象。

（要不道出真名试试……可……若是说了……那名主定会上报真田家……）

古时的大名都特别关照农民。正所谓士农工商，农民的地位比手艺人、商人高出不少。真田家素来贤明，绝不会不理农民们的申诉。马场彦四郎是信之的近臣，对这一点尤其清楚。信之一旦得知此事，绝不会置若罔闻。

彦四郎强奸民女虽未得手，亦不会被信之轻饶。

昨晚，彦四郎曾向名主宫下藤兵卫求饶道："小的错了，希望您大人不记小人过……"

然而，藤兵卫坚称彦四郎若不报上名来就别想走。

（这可如何是好……如何是好……）

彦四郎不知所措。

此时，地窖门开了，宫下藤兵卫走了进来。只见他命村人关上地窖，走到彦四郎跟前。借着小窗口的光线，彦四郎看见藤兵卫腋下夹着个细长的布包。

"马场彦四郎大人啊……"

突然，藤兵卫喊出了彦四郎的名字。彦四郎顿时慌了。

（糟……糟了！名主知道我是谁了！这是为何？这是为何！）

藤兵卫凝视着彦四郎的脸。

彦四郎狡辩道："我……我才不是什么马场，我不认识他！"

藤兵卫不理他，只是打开手中布包，拿出里面的东西。

"啊……"

彦四郎难掩惊愕。那不正是他的袍子和小刀？彦四郎记得他将这两样东西放在了马背上，而爱马则拴在了远处。其实，他早就暗暗担忧爱马的下落了。

（那些乡巴佬不会是找着马了吧……）

藤兵卫用布将袴与小刀包好，说道："你若肯实话实说，倒可以放你一马……"

"名……名主大人……"

藤兵卫不再开口，就此离开地窖。

"名主大人！是我错了！名主大人！……"

马场彦四郎拼命喊着，却只得到地窖大门的无情回音。

当日下午，名主宫下藤兵卫去了上田，控诉马场彦四郎施暴未遂一事。

# 第拾伍话



"什么？"真田信之从小川治郎右卫门口中听闻此事，不禁问道，"你去检查那袍子和小刀了？"

"检查了。"

"确实是彦四郎的东西？"

"不错。"

小川治郎右卫门将名主藤兵卫呈上的信函和状子递给了信之。

"唔……"

信之扫了一遍，却认不出那字迹。这是理所当然。他见过草者阿江，亦记得她的嗓音，唯独没见过她的字迹。

阿江将马场彦四郎的马送回上田城时，带着个细长布包，里面正是那袍子和小刀。是夜，阿江溜进名主家，将信函和布包放到了藤兵卫的枕畔。

横目奉行负责审理此案。真田信之听取了奉行的汇报。

（藤兵卫说的怕是真的……）

信之遂命奉行带上监察坂本勘十郎，率一队人马出城。

"若那人真是马场彦四郎，便将他接回来"。

当夜，马场彦四郎总算被带回了上田城。

坂本勘十郎回来禀道："果真是马场彦四郎。"

信之吩咐道："明天白天之前，要彻查彦四郎的罪状！"

"是！"

"若名主藤兵卫句句属实，便将彦四郎收押！"

"遵命！"

信之极度不悦。这事情太出乎意料了。马场彦四郎深得信之信赖，又是近臣，身负重任。谁能料到他竟会假借策马散心之名，强暴民女？彦四郎辜负了信之的信赖。但是，最让信之震惊的是……

（我竟然看错了人！）

信之非常自责。

夜深后，信之将小川治郎右卫门唤去地炉间，问道："彦四郎是不是早就有这癖好了？"

"这……我一无所知。我当时真是大吃一惊……"

"唉……"

治郎右卫门是彦四郎的棋友，却完全没料到这一出。

"这小子闯大祸了……"

"是啊……"

"见过彦四郎了？"

"尚未见到。"

"不见也罢。"

"是。"

当晚，马场彦四郎对罪行供认不讳。信之又命人彻查他有无前科。

翌日，审问再开。彦四郎一口咬定他是一时糊涂。

"彦四郎说的当是实情。"

奉行和监察的报告被交到信之手中。这天本轮不到小川治郎右卫门当班，但他没有回到府邸，而是候在房中。

"是嘛……好，先将他关进大牢吧。"

"遵命。"

彦四郎被关进三丸大牢，谁都无法接近。

当天深夜，信之回到卧房。

（早知如此，就该早些劝他娶妻……）

信之寻思着。马场彦四郎拒不成婚，而小川治郎右卫门早就知道他跟沼田府邸的侍女有染。只是如此，并无大碍。信之本人亦有侧室。况且，彦四郎没有妻室，这只算是施暴未遂，无需切腹。但是，名主藤兵卫闹到了上田城，只怕要不了几日便会举国皆知。这样的话，不好好责罚彦四郎，怕是难以示下。

（蠢货……）

想要个女人，方法有的是，何必在光天化日之下对民女出手？家臣中有的是想把女儿嫁给彦四郎的人，信之甚至都打算赐个府邸给他。然而，彦四郎坚称住城里比较轻松，劝信之先给别人安排居所。

真田信之渐渐睡去。跟亡父昌幸和弟弟幸村不同，信之向来少梦。

不知睡了多久，信之突然惊醒。

（卧房一角……好像有人？）

黑暗中似乎飘来一股不同寻常的味道。油灯的火光微微摇曳。

（屋里有人……有人溜进来了……）

信之躺着不动，轻轻问道："来者何人？"

来人立刻答道："久疏问候。"

分明是个女人的声音！

信之一惊，坐起身来。房间角落里，一名身材硕大的女子正伏地行礼。

"谁？"

"草者阿江。"

"啊？"一贯淡定的真田信之险些惊起，"你真是阿江？"

"是的。"

"唔……真的是阿江啊……"

信之以为阿江早就一命呜呼了，不觉又是一惊。

"大人，阿江没死成呀。"

"凑近些说话。"

"不碍事？"

"难道你是来杀我的？"

"自然不是。"

"那就凑近些吧，无妨。"

"失礼了，"阿江如一阵微风，悄然来到信之面前，"打扰您歇息了……"

"不碍事，不碍事。真没想到，你竟然活着……"

信之这话绝不是随口说说，而是饱含真情。

"大坂一役，想来你曾帮幸村四方奔波……让我替弟弟向你道句谢吧。"

"不，不，我什么都没做……"

"以后，就来我上田真田家好好休息吧？"

阿江沉默不语。

"阿江，我真想仔细听你说说大坂一役的情况。"

"好。"

"一两夜怕是说不完。不如……你在城中多留几日？"

"是……"阿江随口敷衍道，"实不相瞒，阿江另有一事禀报。"

"何事？"

"跟马场彦四郎大人有关……"

"哦……"信之微微一惊，很快便醒悟道，"怪不得……将信函、袍子和小刀交给名主藤兵卫之人，就是你吧？"

"不错。"

"救下那民女的也是你吧？"

"不错。"

"这可真是……"

信之不觉笑了。当然，那笑声并不响亮。

家臣待命的房间跟信之的卧房隔着一条走廊。小川治郎右卫门这时正和另一名家臣竖着耳朵以防信之出事呢。

（彦四郎被阿江逮了个正着啊……）

怪不得呢，这样便容易理解了。十个马场彦四郎，都不是一个阿江的对手。

"恕我越俎代庖……"

"不，你干得好。"

"大人，实不相瞒，我抓住马场彦四郎大人，其实另有缘由……"

"哦？"

“此事要得从几年前说……”

“这话怎讲？”

“一夜间恐难说清。这样吧，我明晚再来见您。”

阿江向信之询问了时间和地点。

“明晚亥时，咱们去地炉间。”

“遵命。”

“你现下住哪里？”

“我在哪儿都可以歇息，无所谓的。”

“不如就来城内住吧？”

“谢大人关心，就不给大人添乱了。”

“好吧……话说回来，你早就认识彦四郎了？”

“彦四郎不认识我，但我确实认得他……”

“哦？”

“大人，恕我先告退了。”

# 第拾陆话



"啊……阿江，且慢！"

"大人有何吩咐？"

"明晚你如何去地炉间？"

"大人多虑了，阿江自会如烟雾一般……"

信之默然。阿江渐渐往后挪。上半身一动不动，仿佛坐在某种滑板上一般。一眨眼的功夫，人就没了。信之一时茫然。

（人世间竟有如此奇女子……）

简直难以置信。

上一次见到阿江，是什么时候？自然不是关原之战以后。就是说，他足足有二十年没见到阿江了。

（阿江多大岁数了？）

信之不得而知。但适才的阿江似乎跟二十年前无异，信之不禁瞠目结舌。莫非是油灯昏暗，掩盖了她的老态？

（着实难以置信……）

正因阿江没变，信之才会立刻认出她。寻常女子，早该白发苍苍。

翌日，信之一直睡到正午才起床。见信之迟迟不起，小川治郎右卫门不觉寻思他该不会是出了事情，忍不住自走廊走到卧房门旁。

只听信之说道："治郎右卫门？"

"啊……您醒了？"

"不，正要睡。"

"啊？"

"我一宿没睡，想歇息片刻，劳烦你跟别人说一下。"

"是。"

小川治郎右卫门赶紧应了一句。

（马场彦四郎一事，定是令大人操碎了心……）

这话固然不错。然而，从阿江的言语推测，马场彦四郎身上怕是隐藏着更重大的秘密，甚至让阿江觉得一夜间恐难说清。

阿江突然现身，再加上各种琐事，扰得信之一宿难眠。

"治郎右卫门，进来……"

"是。"

小川治郎右卫门拉开纸门，走进卧房。

信之躺着说道："再凑近些……"

治郎右卫门挪到枕边。

"今日也得劳烦你留在城中了。"

"遵命。"

"我夜里要去地炉间，切莫让别人靠近，听明白没？"

"是。"

"彦四郎审得如何？"

“不久便会有信。”

据说马场彦四郎称那是他一时糊涂，痛哭流涕，自称不该给真田家和伊豆守信之抹黑，简直悔不当初。

（毕竟是个壮年男子，有这种事确实难免……）

监察坂本勘十郎等人甚至有些同情他了。

“治郎右卫门啊……”

“在。”

“彦四郎有没有别的可疑之举？”

“这……我跟彦四郎毕竟是棋友……”

“这我知道，你别答非所问。我是说，有没有平日里不方便告诉我的……”

“这……”

突然，小川治郎右卫门想起了妻子伊佐的话。不知为何，伊佐劝他别再跟彦四郎下棋了，而且觉得彦四郎是个来路不明的人。伊佐从未对丈夫批评别人，可见她说出这话实是下了极大决心。如前所述，治郎右卫门没有理解妻子的意思。而且，伊佐之语缺乏铁证，她只是觉得彦四郎有些“可怕”罢了。

伊佐这般女子感觉中的“可怕”，无疑非比寻常。

“原来如此……”时至今日，小川治郎右卫门总算明白了，“原来如此……”

彦四郎的强暴未遂事件，跟伊佐的不安和厌恶不谋而合。事发后，治郎右卫门一直留在城中，不曾回家，自然见不着伊佐。

“喂……喂，治郎右卫门！怎么了？”

信之的言语让治郎右卫门回过神来。

“有一事不知当不当说……”

“有线索的话，但说无妨！”

“实不相瞒……”治郎右卫门讲了妻子对彦四郎的感觉，又道，“属下本以为女流之辈的评语无足轻重……”

“嗯……原来如此……”

“可……属下从未用那般眼光看待彦四郎……”

“我明白……我又何尝不是……”信之把治郎右卫门慰劳一番，让他退下，准备就寝，突然又说道，“且慢！”

当时，小川治郎右卫门正要出门。

信之吩咐道：“命人对马场彦四郎严加看守。”

# 第拾柒话



是日，马场彦四郎的审问没有进展。

正午时分，信之起床沐浴，之后留在房中给江户府邸的妻子小松殿和矢泽、木村两位家老写信，又搬出陈年书信与文件整理一番。他未用早膳，用罢午膳便去了地炉间，命小川治郎右卫门备酒。

上田城居馆内的地炉间比沼田城的地炉间要小一些，却深得真田昌幸之喜。这地炉间被两段走廊所围，朝庭院凸出。信之一仍其旧，许是要借此追思亡父。

上州岩柜城的地炉间，是昌幸精心设计而成，譬如里面有个像牢房一样昏暗的小卧房，房间里有根粗柱，中间别有洞天。只要将铅球丢进地板下方的水槽，草者便会循着水声而来。九度山的幸村卧房中亦有类似机关。而上田城的地炉间则不然。近五坪的地炉间跟五坪大的卧房由木板相隔，卧房里铺着草席。但是，信之从不曾来此就寝。卧房北侧有个小走廊，过了走廊便是家臣待命的房间。今夜至明晨，小川治郎右卫门便会在那间房中待命。

治郎右卫门端着酒水回到地炉间。

信之说道："治郎右卫门……"

"主公有何吩咐？"

"今晚，这地炉间内许会有人说话……"

"啊？"

"就算你听见了，也要装作没听见的样子。"

"莫非……有客到？"

"你不认识，别多问了。"

"可……"

"估计你是见不着那来客的。别想了。若是见着……"信之微笑道，"就将那人抓住，带到我面前吧。切记别被别人瞧见。"

治郎右卫门一头雾水。

"来人是个女子。"

"女子……"

"不错。除了那个女子，不许任何城内之人接近这里。"

"遵命！"

治郎右卫门不明所以，只得照办。

（大人似是要跟那女子议事……）

他猜中了十之八九。

而且，信之说那女子就算进了地炉间，都不会让他瞧见。待命间的门是开着的，庭院跟地炉间的出口一览无余。

小川治郎右卫门退下前，将看守马场彦四郎的人手增加妥当一事禀告了信之。真田信之不会直接从重臣、奉行、监察口中听取彦四郎一案的报告，他早就下令一切事宜皆由小川治郎右卫门传达。

马场彦四郎在家中口碑甚佳，不少人心怀恻隐，相继前来求情。

"不如放了他吧……"

"多可怜啊……"

信之挨着地炉坐下，看起了书。他常命人将想看的书送到地炉间来，所以这里跟信之的书房无异。屋里甚至备有纸笔。

信之打开地炉间与卧房之间的纸门，又打开了两扇窗户。时值夏日，地炉里没有生火。炉子底部开了个口，送来习习凉风。

亥时，阿江准时现身。

信之察觉屋里有人，回头一看，只见阿江正端坐卧房之中。

"阿江……从走廊进来的？"

"是。"

"可……走廊那头有小川治郎右卫门把守……"

"一点不错……"

"莫非他打瞌睡了？"

"不，确实是目光炯炯……"

"唔……"

信之对草者不甚了解，自是瞠目结舌。

（有如此本事的忍者，竟逐渐被世人遗忘……）

信之说道："凑近些。我命人备了酒。"

"给我？"

"那是自然。我的酒量不如亡父和幸村，你就对付着喝一些吧。"

"哎呀……让大人费心了……"

信之故意调暗了油灯的灯光，可屋里还是比昨晚的卧房亮了许多，以便他仔细端详阿江。

（还真是一点没变……）

信之暗暗称奇，说道："来，先喝酒吧。"

"是。"

信之亲自给阿江斟了酒，而阿江仿佛见着了稀罕玩意儿，死死盯着信之。

"怎么了？"

"不……没什么……"

"昨晚你去哪儿歇息了？"

"禀大人，我去您卧房的地板下面睡了一夜。"

"唔……"

信之登时语塞。

阿江忙又笑道："不，不，我说笑呢。"

天知道这话是真是假。

阿江给信之斟了酒，说道："大人，我确实不知该从何说起……"

"幸村之事日后再说。先说说马场彦四郎吧。"

"好。实不相瞒，马场彦四郎是关东的奸细。"

"啊？"

"千真万确。"

阿江说完，缓缓讲出了一系列的事情。

马场彦四郎曾陪樋口角兵卫一同现身京都小野阿通府邸的门口，跟角兵卫分开之后又回了京都的真田府邸。当时，樋口角兵卫从九度山跑到沼田，却又不满信之给的待遇，再次出逃。信之命马场彦四郎带人将之抓回，彦四郎却报称没寻到角兵卫的影子……

角兵卫和彦四郎去了小野阿通的府邸，这到底意味着什么？

信之自然大惊，脸色登时变了。

（那是庆长十九年的夏末……）

阿江的话跟角兵卫和彦四郎的行动完全吻合。

（不错……不错！）

"大人，两个来月前，马场彦四郎曾于别所温泉袭击我。"

惊人的事实陆续出现，信之甚至忘了喝酒。没看清家臣品性，让他甚是自惭。

信之低头反省着，说道："阿江，太感谢了，幸好有你报信。"

这宽宏大量和半点都不做作的态度，深深打动了阿江。

（想不到信之大人竟是如此豪杰……）

阿江顿觉眼前一亮。幸村曾评价信之是治理天下之材。事到如今，阿江总算心服口服。

（怪不得呢，大人之言果然不虚……）

关原之战以来，信之和父亲、弟弟分袂，苦苦保证沼田真田家的安泰，这绝非谋略所致。他坚信漫长的战乱终将落幕，所以不断作出真挚决断。德川家康正是因此才深深信赖信之。

"我本该早些将此事禀报大人……望大人恕罪……"

阿江伏地行礼，泪如泉涌。

"不，阿江，你何罪之有，我都要谢谢你才行呢！这怕是幸村泉下有灵……"

"是……话说回来，马场彦四郎侍奉大人多年，此事怕是不好办吧？"

阿江问道，话音中饱含真情。

信之再三点头，答道："确实不好办啊……"

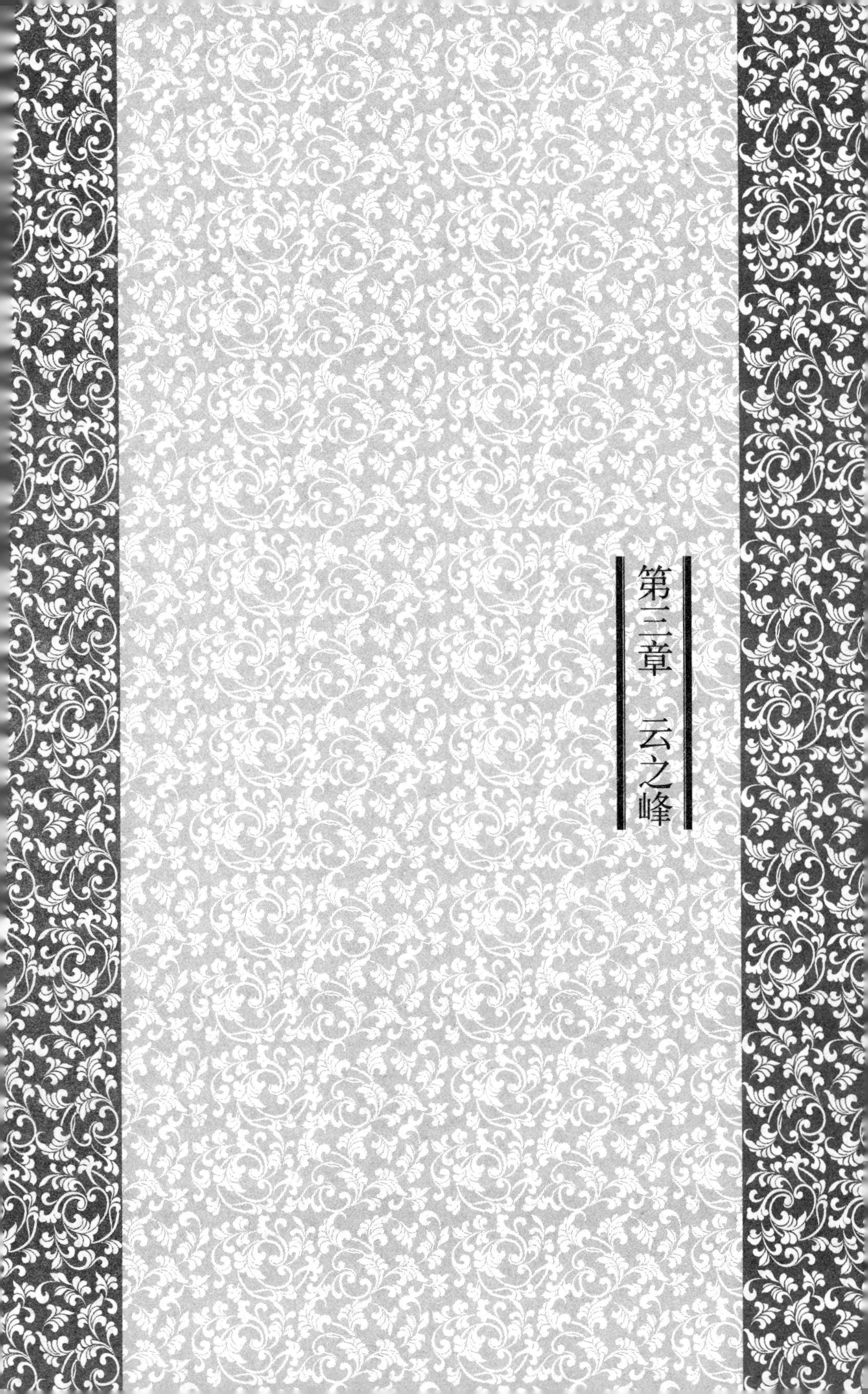
第二章 云之峰

# 第壹话



马场彦四郎的审问宣告结束。翌日，他被带出了上田城三丸的牢房。

（主公……打算饶恕我了？）

其实不是。马场彦被带进了三丸外府邸中的监禁所。然而，大牢跟监禁所的待遇总归是天差地别。该府邸本是长门守池田纲重的府邸。纲重是真田昌幸的老臣，随昌幸去了纪州九度山，昌幸死后才投靠沼田的伊豆守信之。如今，池田纲重身在沼田，待上田城翻新妥当，便会重回上田府邸。

见信之命人去池田府邸设置监禁所，大家都觉得他不日便会宽恕彦四郎了。虽为栅栏所困，但两坪大的木板房中好歹铺了两张草席。仅有一人看守，且非狱卒。卧具与饭菜更是好了不少。

（再熬些时日……主公定会宽恕……）

直觉如此告诉彦四郎。

（总算捡回一条小命……）

被押往池田府邸时，彦四郎兀自提心吊胆，唯恐信之命他切腹。一见待遇有变，他登时放了心，也有了食欲。

（有如此待遇，定是宽恕之兆……）

只要出了牢房，他自能圆满化解此事。只要离开上田城，逃去江户就行了。

（反正早晚得走……）

彦四郎已接到指令，秋天离开上田，前往江户。下指令的正是江户幕府。

"嘿……彦四郎食欲大增？"信之听了小川治郎右卫门的报告，说道，"他大概觉得我会饶了他吧……"

"啊？"

治郎右卫门望着信之，一头雾水。他也以为彦四郎的赦免指日可待。然而，从信之的腔调推测，信之全无赦免彦四郎之意。

"别以为我会轻饶……"

这不啻是信之的言外之意。

"治郎右卫门。"

"在。"

"今晚戌时，到地炉间来。"

"遵命。"

当日傍晚，治郎右卫门本该跟别的家臣交班，回自家府邸，但信之既然下了命令，他就只得留到明晨。

是夜，小川治郎右卫门等候在地炉间的走廊。不久，信之带着一名侍女现身。

（咦……）

随信之而来的侍女低着头。治郎右卫门讶然察觉他从没见过这名侍女。此女人高马大，甚为壮实。治郎右卫门是信之的近臣，认识城中所有侍女，包括信之侧室千贺夫人的侍女。

（怪了……莫非是新来的？）

无怪他会有如此疑惑。

更匪夷所思的是，此女似乎不止四十岁，身上服饰亦非侍女之物。

反而像是向井佐平次之妻茂枝的打扮——如今的茂枝仍为信之缝制贴身衣物与小袖，还指挥着大台所的侍女们，绝不会登堂入室。

"治郎右卫门，久等了。"

信之说着，走进地炉间。

那女子单膝跪地，瞧了治郎右卫门一眼，说道："大人先请。"

那神色十分郑重，极有魄力。治郎右卫门不觉一震，登时向女子行了一礼，这才进了地炉间。女子环视四周，关上房门，跟着治郎右卫门进屋。

"治郎右卫门，凑近些。"

"是……"

"再近些。"

"是。"

小川治郎右卫门紧张不已，他的膝盖几乎碰到了信之。这真是头一遭。女子挪到信之右侧。三人头碰头。治郎右卫门只是一个家臣，自然有些紧张。

只见信之微微一笑，问道："治郎右卫门，你可见过此人？"

治郎右卫门岂会认识？

“真没见过……”

“那就对了。”

究竟要商议何事？

“此女名唤阿江。记住了？”

“是……”

“阿江乃草者之首。大坂一役，她是左卫门佐的左膀右臂。”

向来沉着的小川治郎右卫门不禁脸色一变。安房守昌幸当家时，草者曾大发神威。他对此略有耳闻。关原之战爆发时，治郎右卫门尚是懵懂少年，当然不明白何谓草者。然而，随着幸村以大坂一役震撼天下，真田家中自然议论纷纷。

“定是草者暗中相助。”

“草者真是卧薪尝胆……”

“功夫不负有心人啊……”

治郎右卫门听过不少传闻。阿江是草者之首，她自然有着非凡的本领。难怪初见阿江时会留下如此深刻的印象。

（原来如此……）

治郎右卫门总算明白了。

不过……那岂不是大事不妙？大坂一役的战况激烈，听说真田幸村和草者们险些让大御所德川家康命丧黄泉，而草者之首竟然回到了上田城！

（我只是一介家臣，如此天大的秘密，何以竟会……）

地炉间中只有他们三人。信之到底要说些什么？

“治郎右卫门。草者唯有阿江一人幸存。”

“唔……”

“此事暂且不说了。我有一机密要事，需你去办。”

小川治郎右卫门苍白的脸庞泛起红潮。

“阿江说派你去办最妥，我有同感。事关重大，凡事留意，听明白没？”

“是！”

阿江似乎早就“认识”治郎右卫门了，否则岂会直言派他办事最妥？

唯有如此推测，才说得通。

（她怎会认识我呀？）

小川治郎右卫门无从得知，唯有一头雾水。

翌日清早，天空泛起鱼肚白。小川治郎右卫门离开了地炉间。

阿江比他早离开片刻。

# 第贰话



次日上午，马场彦四郎得以沐浴。

他被带出监禁所，走到府邸井口边，蹲在地上。由两名足轻舀起热水为他清洗身子，再用竹片刮去污垢。彦四郎的身子散发出阵阵恶臭，令足轻们皱起眉头。

也难怪。锒铛入狱后，彦四郎就没沐浴过。何况时值盛夏。

彦四郎四肢被绑，所幸绳索不紧，犹可起身、蹲下，只是难以脱身。

他沐浴时，除了两名足轻，另有三人看守。看守们都是一言不发，但对彦四郎皆无恶意。那眼神仿佛是同情他交了霉运，惋惜之念溢于言表。

足轻伸手帮他洗头。

（啊……太舒服了……）

彦四郎欣然闭上双眼。

（不必多虑……主公定会赦免……）

他回到房中，只见地上摆着一身崭新的麻单衣。

（啊……美好的日子要回来了……）

栅栏后的走廊吹来习习凉风。院中树丛蝉鸣阵阵。

彦四郎一进牢房，看守便给他松了绑，由得他四仰八叉地躺在两张草席上。

仅剩一名看守。

片刻后，睡魔袭来。彦四郎打起了鼾。

不知睡了多久……

"喂……喂！彦四郎！"

彦四郎被房外的喊声吵醒，不禁缩了缩脖子。

屋外之人，不正是小川治郎右卫门？

"治郎右卫门！见笑了……"马场彦四郎坐起身来，"真是没脸见你……"

"罢了，罢了……"

"你来这儿……不碍事？"

"嗯。"

看守走远了些，背对二人，装聋作哑。

彦四郎定睛一看，已是夕阳西下。

"主公派我来瞧瞧你。"

"派你？"

"不错。"

"难得主公还记得在下……"

彦四郎低下头来。此际，他丢开了关东奸细的身份，只是信之的家臣。

"主公还安排人帮你沐浴呢。"

"那……"

"如何？爽快多了吧？"

"感激不尽，真不知该如何感激才好……"

"知错了？"

"那是自然……都怪我一时糊涂……"

"我知道。"

"家中定是传开了吧？"

"没办法啊……"

"你妻女都听说了？"

"反正我是没告诉她们。"

"若是知晓了，怕是……对了，治郎右卫门，咱们还欠一盘呢。"

"你是说……围棋？"

"不错，我还输你一局呢。"

"那倒是……"

"可得扳回来才行啊……"

突然，马场彦四郎两眼放光。他到如今兀自挂念着围棋的胜负。

小川治郎右卫门凝视着彦四郎，说道："怕是难了……"

"什……什么？"

彦四郎脸色大变。那不是意味着再无法跟治郎右卫门下棋了？

"彦四郎……"治郎右卫门的脸紧贴铁栅栏，喃喃道，"想开些……"

他说罢，转身沿走廊离去。

彦四郎抓着栅栏，喊道："喂，治郎右卫门……"

无奈对方头也不回。

看守倒是来了。彦四郎坐回草席，背对栅栏。

（这……这究竟是……）

小川治郎右卫门被信之派来，劝他想开一些。

（莫非这话其实是主公说给我的……）

若是如此，别说赦免，马场彦四郎无疑死罪难逃，所以治郎右卫门才说以后怕是没机会跟他下棋了。

（不……不错……果然……）

然而，彦四郎只是施暴未遂罢了。不管前来告状的名主宫下藤兵卫如何强硬，上田地区总归是由伊豆守真田信之管辖。大名和名主哪个说话算数，一看便知。

只因区区小事就让家臣去死，其余家臣会如何看待？

（怪了……这可真是怪了……莫非另有内情？莫不是……）

马场彦四郎猛然一惊。莫非信之识破了他的身份？

（莫非……莫非……不……不可能……）

彦四郎反复寻思着。他身负江户幕府秘命，潜伏真田家多年，此事无人知晓。

"喂……马场大人……马场大人……"

看守的声音令彦四郎回过神来。回头一看，看守端来了晚膳。

入夜后，监禁所并不点灯，只会在栅栏外点支大蜡烛。

今晚有千曲川捕来的桃花鱼，还有越瓜酱菜。

见平日里狼吞虎咽的马场彦四郎一动不动，看守不禁问道："马场大人，您怎么了？莫非身体不适？"

看守的话音，绝不是对待犯人时的那种。他的话语中饱含同情，饱含对身份较高的彦四郎的敬意。

# 第叁话



之所以将马场彦四郎从三丸牢房挪至池田府邸，之所以改善他的伙食……莫非是要好生送他上路？

（命人帮我沐浴洗发，该不会是准备命我切腹……）

这怕是八九不离十了。信之毕竟不会把他斩首示众。

（治郎右卫门岂会骗我。）

这一点，彦四郎比谁都清楚。

（治郎右卫门绝不会说谎……不，他是'说不了谎'……）

信之特意让小川治郎右卫门前来，对他说了一句"想开些"……

事态何其严重。

（马场彦四郎命不久矣……）

彦四郎幽幽笑了一笑。当晚，他一宿未眠。但是，马场彦四郎好歹是个武士，黎明时分总算想通了。

（事已至此，无可奈何……）

奉命切腹时，他打算就罪名一事问问看守。

明知问亦徒劳，但强暴民女毕竟罪不至死。

彦四郎希望帮他介错之人是治郎右卫门。他甚至想恳求信之让他临死前再跟小川治郎右卫门对弈一番。赢回那一盘之后，再赴黄泉。

（如此卑微的要求，主公总不会不答应吧……）

看守端来了早膳。彦四郎拿起碗筷，却无食欲，喝了几口味噌汤便放下筷子。

（我的一生就这样完了……）

死到临头，脑袋里只剩下有肉体关系的几名女子。

（男儿一生，不过如此……）

一眨眼的功夫，又到了用午膳的时间。

午后，云多了。没有了风，闷热异常。彦四郎躺在地上，蚊子纷纷凑近。

"畜生！"

彦四郎随口谩骂，预感明天一早恐怕便会切腹。他的直觉总是很准。

今晚，他怕是睡不着了。

彦四郎不惧怕切腹，可一想到没了脑袋的身体被埋进土里，就此和浮世绝缘，总觉得背脊发凉。

（明天啊……明天便是我的死期……）

彦四郎左思右想，总归是觉得无处可逃，唯有黯然闭上双目。他本以为今晚定是难以入睡，结果不知不觉就睡着了。

"喂……喂，彦四郎大人！"

突然，彦四郎被人摇醒了。

"啊……"

他低吟一声。只见一名男子单膝跪地，做出"嘘"的手势。

"我……我这是在做梦？"

男子以黑布蒙面，进了监禁所。

"来……来者何人？"

"江户。"

男子答道。他压低嗓门，语调全无抑扬顿挫。

"江户？"

"快！"

"这……这是做甚？"

"快逃……"

"那……"

"快，快啊！"

男子带头出了牢房。此人不是先前跟彦四郎密会的关东来客。

若是不走，只怕难逃一死。情势所迫，彦四郎自然不会迟疑。

一到走廊，只见看守已昏倒在地。

"这边！"

蒙面男子带着彦四郎，自汤殿旁的小门钻了出去。

雨，悄无声息。

男子递给彦四郎一个包袱，说道："快去江户。"

"不碍事？"

"事不宜迟，快！"

男子拔腿就跑，彦四郎拼命跟上。好一阵子没用脚了，彦四郎气喘吁吁。

两人穿过昏暗的城下町之后，男子突然驻足说道："我留下望风，你抓紧……"

“敢问尊姓大名？”

“十万火急，问这些做甚！”男子斥道，“还磨蹭什么！蠢货！”

“唔……”

“快走啊！”

“好！”

彦四郎一路飞奔，突如其来的喜悦涌上心头。

（得救了……）

彦四郎自然明白那蒙面男子是关东密探。

蒙面男子蹲在树荫里，察看着四周情况。无人追来。监禁所的看守许是尚没苏醒。

“如此便好。”

男子喃喃道，但嗓音跟适才呵斥马场彦四郎时截然不同。

人当然是同一个人。实际上，此人实是女扮男装。

那分明是阿江在说话。

阿江朝彦四郎逃命的方向走了几步，消失在了黑暗中。

再说马场彦四郎拼命飞奔，跑到距上田城三里左右的地方，钻进树丛，打开蒙面人交给他的包袱。只见那里面装着饭团、竹水筒、换洗衣物与草鞋，甚至有短刀和盘缠！

“嗯……嗯……”

彦四郎不住点头，抓起饭团狼吞虎咽。

雨停了，天空泛起鱼肚白。

（感激不尽……得救了……嗯……这饭团……人间美味……得救了……）

马场彦四郎忘我地嚼着饭团，泪如泉涌。

# 第肆话



翌日一早，上田城内一片哗然。

"彦四郎越狱了！"

"此话当真？"

"千真万确啊！"

"看守是谁？"

"内田弥惣次……"

"听说弥惣次被人打晕，牢房钥匙亦被夺了去！"

"莫非……莫非有人来搭救彦四郎？"

"恐怕是……"

"那会是何人呢……"

"说不好啊。"

"这可不得了……"

内田弥惣次惨遭审问，而且被丢进了三丸的监牢。受审时，内田坚称他没打瞌睡。他一直盯着彦四郎，无奈黑暗中的贼人悄无声息。

　　说时迟，那时快。贼人猛击了内田的颈部。内田应声倒地，醒来时竟被五花大绑，嘴里更是塞了布条。

　　"那贼人身手不凡啊！"

　　内田说到这里，激动得浑身颤抖。

　　然而，他的嫌疑不会就此洗清。一众看守之中，就数他最同情马场彦四郎，凡事总会对彦四郎照顾一些。

　　"兴许就是内田弥惣次放跑的……"

　　"真是胆大包天！"

　　家中传言四起。对内田的审问自是随之严酷。真田信之逐一听取臣子汇报，五日后突然吩咐释放内田。

　　"可……"

　　"无妨。弥惣次绝不会玩忽职守，擅自放跑罪人。没事了，放他出来吧。"

　　内田弥惣次终于重见天日。信之甚至没让他闭门思过。

　　"瞧瞧！"内田弥惣次抬头挺胸，说道，"主公果然懂我！"

　　无论是对马场彦四郎还是对内田弥惣次，家中人都抱有同情之念。因此，没有人刁难官复原职的内田。

　　内田弥惣次出狱两天后的深夜……

　　"主公……主公……"

　　枕边的喊声唤醒了伊豆守信之。

　　"阿江啊……回来了？"

　　"是。"

　　"有劳了。"

　　"区区小事，不足挂齿。"

“查得如何？”

“我跟踪马场彦四郎去了趟江户。”

“好。彦四郎具体去了哪里？”

“江户城神田桥门外有个府邸，是旗本笹井丹之助的。我看着他进去……”

“笹井？”

“笹井丹之助，两千石的旗本。据我打探，此人于大坂一役立了战功，出人头地……”

“彦四郎去了笹井府邸……”

“不错。我猜那个旗本恐怕就是靠那见不得光的勾当……”

百姓打扮的阿江面色红润，双眸熠熠生辉。本以为从此再无出手之日，不料马场彦四郎一事竟让她帮伊豆守信之刺探起了消息。

阿江年逾六十，体内的忍者之血却一直流淌不息。

“大人，阿江有一事相求。”

“哦？”

“我想去江户待些时日。”

“那好……”真田信之凝视着阿江，缓缓说道，“拜托了。”

“定不辱命。”

“阿江，幸村九泉之下若知你帮我办事，不知会有何感想……”

“他会深感欣慰。”

“此话当真？”

“千真万确。”

“那便好，”信之展颜一笑，“实不相瞒，我不大懂草者之事……”

“无妨。”

“阿江，你一人忙得过来吗？”

“一个人才方便呢。”

信之跟阿江密谈了一刻（两小时）功夫。阿江离去时，信之给了她不少银两。这些银两，自然就是阿江的活动资金。

翌日，信之闭门不出，不是闭目凝思，便是提笔拟信。傍晚时分，家臣交班。小川治郎右卫门前来待命。

“治郎右卫门，来……”信之立刻将他唤来房中，让治郎右卫门伺候他用晚膳，之后说道，“阿江昨夜来了。”

“原来如此……”

“今后的路，怕是不好走喽……”

“是啊……”

“太平无事自然好。无奈事与愿违……治郎右卫门，你愿意为我而死吗？”

小川治郎右卫门伏地行礼，朗然说道：“愿为主公赴汤蹈火。”

信之想听的正是这句话。

“万一事态有变，只怕要让你忍辱负重……”

“属下无畏。”

“那好，你明日去江户一趟，将这封信交给矢泽但马守和木村土佐守……”信之将信函递了给他，又道，“具体情况需要由你口述……”

“是……”

“凑近些。”

“好。”

须臾，主从二人的密谈结束。

翌日午后，小川治郎右卫门跟另一个家臣换了班，却没有就此回家，而是从上田城内出发，径直去了江户。

见治郎右卫门骑马冲出三丸城门，门卫们议论纷纷：

"这时候出发？许是急事吧……"

"什么事儿呀？"

"不知道啊……"

马场彦四郎之事悬而未决，流言四起，而小川治郎右卫门一换班便出了远门，自然引起门卫怀疑。

此时，马场彦四郎正躲在江户的笹井丹之助府邸。笹井府邸约一千五百坪。彦四郎不禁感叹，区区两千石旗本，府邸竟会如此豪华，着实令人吃惊。

彦四郎住在后院长屋，分得两间房，衣食无忧，只是无法外出，百无聊赖。而且，他对府邸之主笹井丹之助直种其人一无所知。

负责跟彦四郎接头的密探青木当七曾吩咐他，逃离上田后，投靠江户神田桥门外的笹井府邸便好。

数日前，马场彦四郎抵达江户，浑身上下唯有一柄短刀护体，连袍子都没穿。

他来到笹井府邸门口，说道："在下马场彦四郎，求见山崎濑兵卫大人。"

一位六十许间之人开门出现，凑近彦四郎耳边，低语道："蜗牛不知去处。"

此乃接头暗号。

彦四郎立刻答道："月停云动。"

老人点点头，将彦四郎引进后院长屋，说道："我便是山崎濑兵卫。"

“失礼。”

“您逃得早了些……”

“是啊……”

“出事了？”

“近期许会被派去京都真田府邸……想到届时定难脱身，便一咬牙……”

“哦，原来如此……”

山崎对彦四郎的说辞深信不疑。他唤来仆人，吩咐好生照料彦四郎。

彦四郎沐浴，束发，换上仆人准备的小袖和袍子之后，仆人又送来大小刀具。

晚膳甚为丰盛，还有两名年轻侍女伺候。

（不错，不错嘛……）

彦四郎心满意足，拿起筷子。

（如此便好。一切都结束了……）

接下来，就是静候幕府将他升为旗本。

# 第伍话



这个老者山崎濑兵卫，到底是不是府邸之主笹井丹之助直种的家臣？

（不像啊……）

山崎从不在马场彦四郎面前提起笹井丹之助。

"您先留在长屋内避避风头。虽有不便，无奈事关重大……您自然懂得。"

"不错。"

山崎濑兵卫身材矮小，口鼻和眼睛均深陷皱纹之中。对面而坐时，彦四郎总觉得心头压着块大石。

"听闻笹井丹之助大人于大坂一役立了大功……"

"您是听何人说的？"

"自然是来上田接头的青木当七大人。"

"嘿……"

皱纹之中，山崎濑兵卫的双目掠过一道寒芒。

彦四郎不觉倒吸一口冷气。

"彦四郎大人，这府邸之主跟我等全无干系。尚望大人莫要多嘴。"

"知道了……"

侍女端来酒菜之后，彦四郎又让侍女准备棋盘和棋子。不一会儿，侍女便拿来了他朝思暮想之物。

（太好了……）

马场彦四郎回想着跟小川治郎右卫门对弈的场景，自顾自开始下棋。一碰棋盘，他便忘了时间的流逝。

（真想赢治郎右卫门一盘再离开啊……）

彦四郎甚是遗憾。

逃离上田的第十五个晚上，长屋外传来了山崎濑兵卫的声音。

"睡了吗？"

"山崎大人啊，快请进。"

"打扰了……"

屋外不分昼夜都有足轻把守，仿佛有人"监视"一样，令彦四郎很不愉快。

他们许是山崎濑兵卫派来的护卫吧。彦四郎唯有强忍不快。

"这边请……"

山崎对某人毕恭毕敬说道。

（不光他一个？）

彦四郎自里间探出头来，只见山崎身后跟着一个矮矮的老僧。

老僧比山崎濑兵卫年长，胸前垂着白须，但是他身体甚佳，倘若把袈裟换成铠甲大刀，一定会神采奕奕。

山崎介绍道："这位是远州挂川威光寺的慈海大师。"

　　彦四郎不知道慈海和尚的大名，但从山崎濑兵卫的态度推测，这和尚无疑大有来头，立刻伏地行礼，报上名讳。

　　慈海感慨万千，说道："唉，这些年来，你跟你父亲身负重责，有劳了。"

　　德川家康和丰臣秀赖去二条城会面那年，草者奥村弥五兵卫决意暗杀家康，孤身踏上东海道。阿江欲阻止弥五兵卫，一路追踪，来到远州中山峠时竟被猫田与助、池胁藤左和迫小四郎发现，身负重伤，勉强逃脱。那都是六年前的事了。后来，奥村弥五兵卫被甲贺忍者追杀，至三方原时不幸被迫小四郎害死。

　　当年坐镇挂川威光寺指挥一众忍者的人，便是这个慈海和尚。如今的慈海和尚年逾七旬。慈海不是忍者。他和他父亲一样是德川家之家臣，年轻时甚至曾出阵立下战功。

　　"他要是想当官，早就是一城之主啦……"

　　知晓慈海和尚年轻时英勇事迹的老臣常常会如此感叹。

　　慈海奉家康秘命开创威光寺，以出家人身份从事谍报活动都有四十余年了。

　　这和尚身着破旧袈裟，跟彦四郎说话时的语调甚轻，却是不怒自威。马场彦四郎一见之下，登时被对方镇住。

　　"彦四郎大人啊。"

　　"在……"

　　"后天得劳烦你换个地方。"

　　"敢问要去哪里？"

　　"这就不用你操心了，交给老衲便好。你从真田家刺探来众多情报，令老衲深感佩服。"

“大师言重了。”

“事出紧急，老衲想跟你单独探讨一下之前所得情报，如何？”

“遵命。”

“然后再议日后之策。”

“是。”

“关键时刻，你兴许会见着真田家老臣……可有觉悟？”

“有。”

“那便好，那便好。那后日再议……”慈海和尚朝彦四郎点点头，瞥了一眼一旁的棋盘，“唔……你喜欢下围棋？”

“只是略知一二……”

“老衲亦是同道中人。”

“原来如此……”

“嘿……边下棋边议事，倒也不错。”

“是……”

彦四郎不觉对慈海有了几分亲切感。可见马场彦四郎对围棋的喜爱之甚。

“彦四郎大人，再忍耐片刻便好。明年今日，你定能在江户分得府邸，娶妻生子，过上舒坦日子……”

慈海和尚和蔼说完，便跟山崎濑兵卫一前一后离开了长屋。

# 第陆话



江户仍在不断膨胀。天正十八年，德川家康奉丰臣秀吉之命移居江户，二十七八年后……

当年的江户自西南至东北，共有五片台地伸向海面，而台地与台地之间的大小河川则注入江户湾。地处麹町台地东端的江户城甚是寒酸，几乎称不上"城"……海岸线直逼与江户城咫尺之遥的日比谷，海滨只有几栋渔民的稻草屋。千鸟成群，漫天飞舞。

短短二十几年，江户翻天覆地。德川家康推平台地，填海造田，又从故地三河、远江、骏河带来众多商人与工人，倾全力整备城下环境。之后，家康称霸天下，开创德川幕府，江户城的规模随之壮大。

二十余年前，年轻的铃木右近忠重从沼田来到江户时，曾跑进高轮台的森林，亲眼目睹真田部队去九州会合攻打朝鲜的大军。当年的高轮台尽是郁郁葱葱的树林，鲜有房屋，可如今道路四通八达，武家府邸与商户随处可见。

大御所家康殁后，接班将军秀忠让家康旧臣从骏府来到江户。

江户城的改建工程持续不断，五层高的天守阁总算完工，而大御所家康来到江户时所住的西之丸亦告竣工。如今，将军秀忠正忙着建设江户城的外郭。德川家康将神田、本乡两大台地和麴町台地之间的平川之水引入江户城的护城河，秀忠则将平川水路自小石川西侧打通至御茶水，继而利用中川水路推进外濠工程，范围自浅草桥御门至隅田川。如此一来，之前的护城河就都成了内濠。

秋老虎肆虐的江户城下，建设和扩张带来的响声不断。载有木材与石材的货船自江户湾驶入河川。成群结队的工人半裸着身子，挥汗如雨。

是日，草者阿江来到神田台地一隅。这一带似乎被冠以了"骏河台"之名，可见自骏河搬来的旗本会来此定居。

晴空万里。敲敲打打的响声不断。

阿江坐在陡坡上方的树荫下，遥望眼前的江户城下町。虽然没有风，四下里却是尘土飞扬，活力十足。阿江浑身大汗，额头上的汗水滴落。她摘下草帽，解下腰间系着的竹水筒，喝了口水。

好温热的水。

此时……

顺坡道而上的老僧突然站住，怔住望着阿江。

阿江察觉了旅僧的目光。两人四目相对。

"嘿，这不是……"

"哎呀！酒卷才藏大人！"

"亏你能认出老夫……"

"您还健在啊。"

"老夫还想说呢……"

老僧走进树丛。

若故去的大和守山中俊房算是山中忍者的本家，那酒卷才藏所侍奉的内匠山中长俊便是分家。

天正十五年晚秋，夕阳时分的相模野，阿江曾跟才藏重逢。此事不再赘述。三十年前，德川军攻打上田城被真田父子击退。阿江和才藏便是那之后重逢的。当时的上田城孤立无援，独抗小田原的北条父子和德川家康，幸好丰臣秀吉适时伸出援手。酒卷才藏之主山中长俊是秀吉近臣，而阿江又随着壶谷又五郎从武田家投靠了真田家。因此，两人重逢之时，自是知无不言，言无不尽。

阿江之父马杉市藏曾奉甲贺头领山中俊房之命，去甲州帮武田信玄办事，而酒卷才藏亦跟着其余甲贺忍者一同奔赴甲州。山中氏本家和分家目标一致，联手进行忍者活动，甚至同时吩咐派往武田家的忍者撤回甲贺。结果，马杉市藏深深钦佩武田信玄，无视甲贺之命，选择留下，当了武田忍者；而酒卷才藏等人则齐齐返回甲贺。

市藏、阿江父女由此成了山中忍者中的叛徒，遭到追杀。然而分家众人毕竟不用服从本家指示，再加上才藏和阿江亡父市藏实是刎颈之交……相模野邂逅之际，阿江主动向才藏打了招呼。

酒卷才藏自幼擅长书画，时常假装成云游四海的画师刺探情报。

画师才藏常用"住吉庆春"之名，下文便用这名字来称呼他吧。

跟阿江阔别三十年的住吉庆春赫然年逾八旬，头发虽已掉光，但秃头油光闪闪，身子纤细而柔软，声音中气十足。

"阿江，你去了大坂吧？"

"不错。"

"活下来可真不容易……"

“就剩我一个人了……”

“话说回来，你真是一点儿没变。老夫离开武田家时，你才……”
住吉庆春屈指一算，不觉白眉一扬，讶然望向阿江，“哎呀，都那
么大了……”

“嘿，您可真是……”

“女忍者着实不可思议……”

“您这么盯着我，弄得我怪难为情的。”

“瞧你说的。对了，阿江，你在这儿做什么呢？”

“无所事事。才藏大人呢？”

“老夫啊……老夫亦是苟活于世，跟你一样。”

“那甲贺山中忍者……”

“大和守俊房大人和内匠长俊大人都没了，继承本家的伴长信
大人去年又病死了……”

“这样啊……”

“从此没有甲贺忍者了，更没有山中忍者了。令尊和老夫干的
那些忍者勾当，早就没有用武之地喽……”

“说的是啊……”

“对了，你住哪儿？”

“阿江居无定所，四处飘荡呢……”

“此话当真？”

“才藏大人呢？”

“又是跟你一样。”

住吉庆春不愧是画师，举手投足跟普通的甲贺忍者截然不同，
看上去极有修养，语气亦很平和。阿江知道他说的都是真的。

# 第柒话



住吉庆春问道："你这是打算去哪里呀？"

阿江答道："正愁没地方去呢。"

"那……不如去寒舍瞧瞧？"

"不碍事？"

阿江的问题，包含重重意味。战火虽告平息，她总归是甲贺忍者的叛徒，又曾手刃一大批甲贺忍者……

（我若留宿，会不会给才藏大人添乱？）

住吉庆春猜中了阿江之思，笑道："阿江啊，现下早没有甲贺、伊贺之分了，何况甲贺早就将老夫和阿江忘得一干二净啦。"

"此话当真？"

"千真万确。知道老夫和令尊的甲贺忍者，早都死光光喽。"

这话想来不假。

"老夫都忘了甲贺、伊贺之类的忍者活动了。"

"那才藏大人现下……"

"别看老夫一身袈裟，其实就是个云游画师，名唤住吉庆春。世道太平，画师亦是个美差呢。"

"那今后得称呼您住吉庆春大人了。"

"嗯，是啊，就那么叫吧，"庆春站起身来，"随我来。"

"好。"

在那个没有照片的年代，技法高卓的画师无论去哪里都是香饽饽。要留下肖像，就得仰仗画师。纸门和房门上的装饰皆要由画师来画，墙上的挂轴更不用说。

住吉庆春画功了得，昔年曾任小田原北条父子的御伽众，将关东地区的情报暗告甲贺。有了这般经验，去大名家作画自是胸有成竹，毫不紧张。

"阿江啊，能再见你一面，老夫死也瞑目了……"

"越是这么说的人啊，就越是长命百岁。"

"哈哈哈，当真如此？唔……其实老夫亦有同感。瞧瞧，老夫都八十多了，精神却好着呢，身子也挺不错。"

"瞧我说什么来着。"

"反正咱俩都当不成忍者了，不如同住做个伴……啊，别瞎想，老夫可不会做那些无耻下流之事……"

"您说笑了……"

住吉庆春带阿江去了小石川的指谷。这个山谷里的小村地如其名，四周被树木环绕，百姓家星星点点，还有个小寺院——净云寺。庆春便住在那小寺院里。寺里只有一位住持和两位小和尚。

住吉庆春在本堂后方盖了间小茅草屋。说是小屋，却颇宽敞，木板房足有五坪，画材和画具摆放得整整齐齐。

阿江不禁赞道："哇，真是处好所在……"

"来来来，进屋吧。"

门窗大开，傍晚凉风阵阵。

"阿江啊，去洗个澡爽快爽快吧。老夫来给你准备晚膳。"

"那就太谢谢您了！"

"别客气，不就是多双筷子嘛。"

阿江用石井里的水冲了冲身子，取出包袱里的换洗衣服换上，回到屋里。

"沐浴时可怕把寺里的小和尚吓坏了。"

"啊哈哈……秀色可餐吧。"

"才藏……啊，不，庆春大人，您也不想想我多大年纪了。"

"不不不，女子的身体跟年龄无关，老夫都想瞧瞧呢……"

"瞧您说的……"

晚膳是茄子等蔬菜做成的味噌炖菜，相当美味。而且还有酱瓜。阿江吃到第三碗饭时，不觉满脸羞红。

"让您见笑了……"

是夜，两人把酒言欢。话题自然离不开武田信玄生前的甲州。

"是时候歇息了。"

"嗯。"

被褥都很干净。两人并排躺下。

"阿江啊……"住吉庆春突然说道，"今晚咱们聊了不少，可有一事，老夫至今难以忘怀……"

"敢问何事？"

"你知道清正公吧？"

住吉庆春的话着实出乎意料。阿江半晌没反应过来。

（他要说些什么呀？）

"你可见过清正公？"

"这……去伏见城下时，倒是见过他骑马的英姿，大概两三次吧……"

"你对清正公有何看法？"

"此话怎讲？"

"老夫打从心底里喜欢清正公。"

住吉庆春究竟想说些什么？

小石川的指谷地区大致就是现下的东京都文京区白山东部。关原之战前后，泷川三九郎一绩曾以浪人之身来此暂住。当然，庆春和阿江对此一无所知。

# 第捌话



住吉庆春徐徐说道："清正公真是个顶天立地的男子汉。他的所作所为，总让一旁的老夫感慨万千……"

（怪了……）

阿江讶然扭头，望着一旁的庆春老人。

"你不那样觉得？"

"觉得，觉得。"

加藤清正和浅野幸长苦苦挽回不断恶化的东西关系，阿江对其努力与成果自是心知肚明。然而，若大坂丰臣家向关东的淫威低头，德川家天下就此坚若磐石，九度山的真田父子便再无出头之日……

真田草者皆盼着昌幸、幸村父子重出江湖的日子。从这个角度来讲，清正和幸长的努力未免有些讨厌。

得知加藤清正以刚柔并济的政治手腕促成了家康和秀赖的二条城会面，九度山的真田幸村深感敬佩，赞叹道："主计头大人跟关原之战时不一样喽……"

从草者带回九度山的情报推测，清正确实大有长进。

清正实力过人，甚至打算将丰臣秀赖迎回苦苦兴建的熊本城，不让关东碰他。正因如此，德川家康才不敢践踏加藤清正的诚意，不敢跟丰臣家立刻开战。

因此，阿江坚信主计头清正定是死于毒杀。

"莫非毒杀清正公的……是甲贺？"

阿江并无确证，只得随口一问。

不料庆春竟道："那是自然。"

他就这样随口给出了答案。那份率直，令黑暗中的阿江目瞪口呆。

"阿江，老夫不知道家康公是否亲口说了要杀掉清正公……不，老夫坚信此事进行期间，家康公全不知情。"

关原之战以后，德川家康没有立刻动手攻打丰臣家。天下明摆着由德川家控制，丰臣家理当舍弃昔日荣光，屈身德川家的旗下。

当年丰臣秀吉成了天下人之后，曾对德川家康说过一样的话语。而当年的家康不计前嫌，归顺了秀吉。因此，家康认为丰臣秀赖若不归顺，天下便无法太平。

秀吉死后，丰臣家在上方的声望仍在，家康提出如此要求自是顺理成章。

加藤清正和浅野幸长暴毙之后，丰臣家终于"自掘坟墓"……

"正因甲贺用如此不堪的手段害死了清正公，老夫才跟甲贺划清界限……"

关原之战后，住吉庆春奉甲贺之命以画师身份前往九州，刺探九州大名的动向。行经前往肥后熊本之时，他受到加藤清正的礼遇，去熊本城逗留一年，亲承謦欬。庆春被清正的人格打动。清正麻烦他绘制部分封地的地形图。庆春参考了古代资料和熊本画师的草图，绘制出精密的画卷。完工后总共五卷。清正见到成品，欣喜异常。住吉庆春离开熊本时，清正给出的报酬高得令人咂舌。

可见，清正高度认可庆春的才能和画功。

"老夫可不是因为那报酬才喜欢清正公的……"

"这我懂得……"

当时，厨师片山梅春亦在加藤清正手下，陪着清正走南闯北，烹制各色菜肴。片山梅春是甲贺山中忍者一员，但是身份特殊，仅有一枚刻有蜗牛的一寸四方小铜板充当信物。持有蜗牛铜板的忍者肩负特殊任务。他们决不可主动联系甲贺，更不可擅自行动，除非甲贺头领有何指令。换言之，梅春只得以加藤清正厨师的身份等候指令。说不定没等着指令，他就寿终正寝了。

因之，就算住吉庆春和片山梅春在熊本城中见到对方，都不知彼此皆是甲贺忍者。住吉庆春虽无蜗牛铜板，但已伪装画师多年，且隶属山中氏分家，此前并未见过梅春。片山梅春完美扮演加藤清正厨师的角色。从不联系甲贺，而甲贺亦从不联系他。

梅春自甲贺头领大和守山中俊房手中接过蜗牛铜板以来，先是当了增田长盛的厨师，三十年来从不曾联络甲贺。增田家灭门后，他又以厨师的身份投奔了加藤清正这位新主。没有指令，他便只是一介厨子罢了。

当时，片山梅春是个挺有名头的厨子，见加藤清正盛情相邀，梅春便答应了清正。仅此而已。甲贺对此置若罔闻，那便是默许之意。片山梅春就此老老实实伺候着加藤清正，甚至都不知大和守山中俊房之死。

梅春一如住吉庆春，对清正的人格钦佩有加。

（若能死在加藤家，死都瞑目……）

梅春甚至曾有如此念头。

突然，他接到了甲贺的指令——毒杀清正。

梅春的惊愕与苦闷，有谁能知？而且，那指令是由出乎意料的人带给他的。

加藤清正老臣饭田觉兵卫的家臣（伴野久右卫门）掏出蜗牛铜板时，片山梅春不禁低吟一声。莫非伴野明知梅春是同道，却装聋作哑这么多年？还是说他亦是接到指令不久……

"片山梅春跟你一样是蜗牛忍者，让他去毒杀主计头。"

怕是后者。

甲贺将毒药暗中交给伴野，再由伴野交给梅春。梅春直到那时都不知道山中俊房死去之事。兴许伴野亦然。

片山梅春对清正敬慕有加，动了真情。话说回来，倘若不动真情，关键时刻恐将无从抉择。

阿江之父马杉市藏便因敬佩武田信玄而走上脱离甲贺之路。那都是人性使然，无可奈何。

甲贺当然会制裁叛徒。

片山梅春挣扎许久，到底是恪守甲贺忍者的本分，给加藤清正下了毒。他放进汤中的特殊毒药来自异国，会缓缓破坏人体脏器。加藤清正于伏见发病，两个月后死在熊本城中。片山梅春一路伺候清正，直至清正葬礼结束。

"主公没了，我就不想再掌厨了……"

后来，梅春以这个借口离开了熊本城。

　　众人都没有怀疑他。大家都觉得清正奔走关东、大坂之间，定是操碎了心，会发病亦是在所难免。然而，阿江和真田幸村嗅到了毒杀的味道。

　　幸村曾对阿江叹道："如此人物，岂会劳心而死。"

　　阿江没有确凿证据，此时便顺势问了住吉庆春。

　　"老夫毕竟是甲贺山中忍者，无法指责片山梅春之举。蜗牛忍者当真了得。老夫对让梅春毒杀清正公的混账简直恨之入骨……"

　　"但是，叔父……"

　　四十几年前，住吉庆春曾跟阿江亡父联手帮武田家办事，阿江当时总用"叔父"来称呼庆春。

　　"叔父？哈哈哈，好久没人这样称呼老夫喽。"

　　"不知怎么就叫出口了……"

　　"无妨无妨，就这么叫吧。"

　　"先别说这个了……叔父为何会知晓是片山梅春下的毒呢？"

　　"事出有因……"

　　"愿闻其详。"

　　"加藤家老臣饭田觉兵卫的家臣——伴野久右卫门，正是老夫的侄子。"

# 第玖话



加藤清正死后，家老饭田觉兵卫自然就成了清正之子忠广的家臣。

饭田觉兵卫的家臣兼甲贺忍者——伴野久右卫门——同样没离开加藤家。

前年夏天，伴野久右卫门因公远赴江户，造访住吉庆春家。住吉庆春曾逗留熊本帮主计头清正绘图，伴野久右卫门去拜访他亦说得通。

实际上，这对叔侄都是甲贺忍者。

伴野留在了饭田觉兵卫的门下，住吉庆春则主动脱离了甲贺。

"甲贺早就不记得老夫了……"

庆春对阿江说道。

言归正传。伴野久右卫门告诉庆春，幕府打算近期就"灭了"加藤家。

"此话当真？"

"侄儿尚未接到指令。"

"嗯……"

"咱们叔侄怕是都被甲贺忘了。"

"那也没什么不好的，随遇而安吧。"

"是啊。"

两人把酒言欢之时，伴野久右卫门竟道出一件惊天大事。

"叔父，侄儿有一事相告……"

"何事啊？"

"下毒害死主计头清正公的，正是那厨师——片山梅春。"

"什么……此话当真？"

"叔父可知梅春其人？"

"在熊本城时几乎天天都看见他。清正公对那梅春真是恩宠有加……"

住吉庆春至此方知厨师片山梅春是蜗牛忍者，不禁暗暗感慨。

（唉……真不愧是昔年的甲贺忍者……）

庆春将枕上的脑袋转向阿江，问道："此事就罢了。阿江，你可知那片山梅春下落如何？"

"莫非回甲贺了？"

"不是。"

"那……"

"他就在江户。"

"当真？"

"而且当了两千石的旗本，娶妻生子，一见年轻貌美的女子便占为己有，简直横行霸道，令人瞠目结舌。不愧是毒死清正公的人物，幕府都拿他没辙呢。"

“天哪……那片山梅春定是改头换面了吧？”

“那是自然。如今他名唤笹井丹之助直种。”

“哎……”

“怎么了？”

“笹井府邸……可是在神田桥门外？”

“不错。”

马场彦四郎逃离上田后，进的不正是那栋府邸？

（原来如此……）

阿江总算想明白了。

“阿江，怎么了？”

“这……”

“莫非你认识笹井丹之助？”

“不，不认识，可……”

“究竟怎么了？”

住吉庆春忍无可忍，干脆坐了起来。

阿江亦坐起身来，说道：“叔父。”

“嗯？”

“叔父坦诚相告，阿江自然要知无不言。”

“出什么大事了？”

“您听我细说。”

阿江将马场彦四郎之事和盘托出。

“唔……嗯……且慢，阿江，说这种事岂能少了美酒？”庆春边点头边往前凑，突然离开房间，端回酒水，“来，咱们边喝边说。”

“哎呀，叔父，您真是一点儿没变。”

“是吗？”

“当年在古府中，家父与叔父曾有几番豪饮……”

“你都记得呀？”

“嗯。”

“全是些陈年往事啦……”

“可一切仍历历在目。”

“是啊……”住吉庆春饮尽了杯中酒，问道，“然后呢？”

“实不相瞒……”

阿江再次开口讲述。说完时，天已微亮。

“不愧是马杉市藏之女！多谢你如此瞧得起老夫，相告如此大事……”

“叔父才是……”

“不，不，这才是甲贺山中忍者啊。忍者就该有满腔热血。无奈如今的甲贺忍者只是德川家大组织的冰山一角，碌碌无为，受到重重束缚……”

三十年间，监视诸国大名的谍报网层层铺开，几乎用不着甲贺、伊贺忍者再刺探消息了。譬如自父辈就潜伏真田家的奸细——马场彦四郎，这个人就不是忍者。

战乱已绝，德川家的天下算是坚若磐石。但是，将军德川秀忠为保幕府安泰，为统治诸国大名，真是不择手段。这便涉及幕府的秘密政治领域。

身着忍者装束，潜入城中，投掷苦无，一日疾行四十里……这样的忍者对幕府来说根本没用。幕府自然有马场彦四郎这般奸细若无其事当着诸大名的家臣，提供各种情报。

"阿江啊……"

"嗯？"

"今后诸大名的日子定不会好过……"

"是啊……"

"最危险的便是真田家。"

"不错。"

"哎呀，我懂了……"

住吉庆春说到一半，凝视着阿江。

"叔父，您别盯着我看呀……"

"阿江……"

"嗯？"

"要不要小试牛刀？"

"怎么个试法？"

"你我二人，拿出甲贺山中忍者的骨气来，如何？"

阿江沉默不语。

昨夜未关的房门外，杂草与树林繁茂。院子里传来雀儿的歌声。

"如何？"

阿江保持沉默。

住吉庆春将酒杯递给阿江，给她斟了杯酒，缓缓说道："那定会别有一番风味。"

阿江缓缓饮尽，说道："叔父所言极是。"

语毕，她微微一笑。

# 第拾话



信之派往江户的使者小川治郎右卫门回到了上田。

他给江户真田府邸的矢泽但马守和木村土佐守带去一封信。信之的去信内容比较简单，末了则称治郎右卫门会再对他们详说。

治郎右卫门将事情细细禀明了矢泽、木村两位家老。

"知道了……"

两人肃然点头。对二人而言，马场彦四郎一事无疑出乎意料。

"真没想到……"木村土佐守道，"但马守大人，您看……"

他说到一半，突然停了下来。深得信之信赖的家臣马场彦四郎竟是幕府密探！如此一来，信之恐将草木皆兵，无法再轻易信赖家中之人。木村土佐守没说出口的，恐怕便是这话。除了德川将军，无人知晓何人潜伏何处。没有比这更可怕的了。

因此，木村土佐守不敢将这话随便说出。

矢泽赖康道："土佐守大人，当务之急是加强江户与上田之间的联络。"

“不错。”

江户至上田约四十六里半。赖康言下之意，是在沿途驿站配备马匹与人手，以便关键时刻传递消息。为此，真田家得在各个驿站下些功夫，还得为隆冬雪季的突发情况做好准备。

信之叮嘱二位家老，要不惜一切代价。只因他觉得近期便会风云突变。

矢泽、木村跟小川治郎右卫门密谈两日之久。

矢泽赖康送治郎右卫门回上田时，说道：“治郎右卫门啊……”

“在。”

“我本打算跟你同回上田，但我三人商讨得如此详尽，不回怕是也无妨，你觉得呢？”

“按家老大人的意思办便好。”

“不错。事关重大，我得留在江户。”

“是。”

“江户派往上田的急使人选已写在信中，劳你征求主公意见。”

“遵命。”

“就说我等静候主公回复。”

“是。”

“不过，真没想到草者阿江还活着……”

矢泽赖康和阿江有三面之缘，那都是二十几年前的陈年往事了。

小川治郎右卫门策马赶回上田城时，真田信之正在本丸的月见楼上。治郎右卫门浑身尘土，直接冲上了月见楼，皆因信之早有吩咐，一回来便直接去见他。

“哦，你回来了……”

信之支开身旁的两名小姓，接了矢泽、木村的信读了一番。

"好，我知道了。明天夜里再去地炉间听你详细汇报。"

"不，我这就禀报吧……"

"没事，你先好好歇歇。不急。"信之读了两位家老的信，似乎大大安心，又问道，"治郎右卫门，消息没泄露出去吧？"

"您尽管放心。"

江户府邸的信之夫人小松殿和嗣子信吉亦接见了小川治郎右卫门。信之思虑周全，特意给妻子和儿子去了信，所以小松殿没有起疑。纸包不住火，马场彦四郎一事总有一天得告知小松殿。然而，信之并不急于一时。

小松殿的病情虽未恶化，却已大不如前。信之不想再让妻子烦忧。

小松殿实是本多忠胜之女，却以德川家康养女的身份嫁给信之。她跟丈夫信之一样对马场彦四郎深信不疑，若得知此人实是幕府密探，她无疑将大大苦恼。

"治郎右卫门，退下吧。"

"是，那明晚……"

"就去地炉间。"

治郎右卫门离开月见楼之后，信之独立楼头。

上田原自盐田平的胜景一览无余。晴空万里的午后，白云遥遥飘浮，仿佛堆出了一座云之峰。

眼前明是夏景，无奈冷风习习，预示着秋日将临。

# 第四章　笹井田之助

# 第壹话



卧房中尚存年轻女子的残香，笹井丹之助"享用"完的那名侍女却没了人影。丹之助从不会跟女子共眠至天明。正如住吉庆春所说，笹井丹之助便是片山梅春。现下的梅春当了两千石俸禄的幕府臣子，我们之后便以"笹井丹之助直种"来称呼他吧。

算来，笹井丹之助该是七旬的老人了。纵然是见过昔日那位厨师之人，都无法一眼认出他来。昔日的片山梅春身材纤弱矮小，又有和尚般的光头，而且总会把双眼眯成一条缝，面容非常文雅……而这个笹井丹之助则是浑身赘肉，而且留了头发。他当年身体极好，甚至不曾偶染风寒。加藤清正总称赞他会长命百岁。

年轻时暂且不论，自从成了清正的厨师，梅春便不近女色，最多偶尔喝个小酒。当然，他本就一把年纪，不近女色亦颇合理。加藤清正死后，片山梅春……不，笹井丹之助堂而皇之离开熊本，奉甲贺之命来到远州挂川的威光寺，在慈海和尚手下待了些时日。大坂一役落幕之后，他摇身一变，当上两千石的旗本。

笹井丹之助为何不回甲贺？毒杀享誉天下的加藤清正之后，他便脱离了甲贺。此中缘由甚杂，但估计那是德川幕府之意。上上策确实是由幕府给他安排一个新身份，供他安度余生。如此一来，便可完全掩盖清正毒杀案的真相。

幕府中知晓真相的只有两三人，其中自然包括慈海和尚。

大和守山中俊房死后，甲贺失去了往昔的秩序。片山梅春本名大久保勘七。他没回甲贺，而是"变"成了两千石的旗本——笹井丹之助。而且，他娶了妻。他的妻子是五百石旗本富田多门的三女儿。妻子给他生下一子，名唤小十郎。这真是惊人。只因该女本有一个婆家，却因体弱多病、无法生育，被轰出了门。

慈海和尚待这女子养好身子，便安排她嫁给丹之助，继而生下一个男孩。哪知小十郎出生不久，丹之助的妻子便撒手人寰。她的身子看似养好了，生小十郎时却伤了心脏，月子都没坐完便病殁了。

她是今年正月走的，享年二十八岁。笹井丹之助深受打击，只得给小十郎寻了两位乳母，无奈男孩似母，体质虚弱……

"怕是熬不过两年……"

家臣们议论纷纷。别说外人，就连丹之助本人都没抱希望。许是接二连三的打击作祟，笹井丹之助沉迷美酒和女色之中。然而，原因不仅如此。笹井丹之助升任旗本时，并无一名家臣相随，甚至一个普通仆人都没有。照理说，算上家臣、足轻和仆人，两千石旗本该有五十至七十名手下才对。换言之，眼下的笹井丹之助有了这个数字的跟班。而且，这数字里不包括侍女。这些家臣当然都是慈海和尚给安排的。丹之助根本不认识他们。有如此一批陌生家臣，随便谁都不免显得可悲。谁知道那些人各自有何来历？

"你大可对他放心。"

慈海和尚如此评价他带来的山崎濑兵卫。山崎的职务类似大名家的家老，掌管家中大小事务，直接指挥那些手下，使得丹之助直种形同虚设。丹之助一直都只是个厨子，对两千石武家的生活半点不懂，唯有听任山崎濑兵卫这个老东西的摆布。

山崎对主子笹井丹之助殷勤备至，就算丹之助对年轻侍女动手动脚，他都绝对不管，反而会帮丹之助打个圆场。但是，丹之助不知道山崎濑兵卫脑袋里的事情，更不知濑兵卫如何看他。

"濑兵卫，你高寿呀？"

丹之助曾如此询问濑兵卫。

濑兵卫答道："小人五十有四。"

（此话当真？）

丹之助不禁怀疑。那不就比他年轻了近二十年？要知道，山崎濑兵卫满脸皱纹，样子简直比笹井丹之助都要老上几分。

（太可怕了……莫非这个山崎濑兵卫正指挥下人监视着我？）

丹之助暗暗寻思着。他虽然是甲贺忍者，但自年轻时便以厨师的身份云游各地，几乎不曾重履甲贺。他缺乏阿江和向井佐助那种战斗力，更不懂得忍术。

总之，他唯有黯然自伤。

（甲贺没了消息……我该如何是好……）

笹井丹之助忧心忡忡，忍不住开始胡思乱想。他脑袋里只有山中大和守生前的甲贺，却不知道甲贺的近况，甚至不知道大和守俊房早就死了。话说回来，他都不知道真田家的马场彦四郎藏进了自家府邸。慈海和尚突然来见彦四郎一事，就更别提了。

# 第贰话



笹井丹之助虽是两千石旗本，却不谙刀枪之术，又不会骑马，只得听任山崎濑兵卫的摆布。奇怪的是，那位亡妻竟点燃了他沉睡数十年的性欲，搞得他三天内非得临幸中意的侍女一次。

（一把年纪了，究竟怎么回事……）

丹之助不觉愕然。他没有幕府的职务，每天都只有不安和百无聊赖。他偶尔会去大台所重持菜刀，做些菜消磨时间，但两千石的旗本哪有天天下厨之理？结果，足以解忧的唯有年轻女子。山崎濑兵卫早就看穿了他。正如住吉庆春所说，笹井丹之助的日常生活糜烂异常，幕府亦拿他没辙。坊间议论纷纷，笹井丹之助却一无所知。

"唉……唉……"

卧榻上的丹之助不住叹息。夏夜闷热，他辗转反侧，无法睡去。油灯下，丹之助的脸庞难掩老态与疲劳。跟女子交欢之后，他总会暗想日后不该再逞强了，哪知没几天便又想用女子的身躯一解千愁。那绝非健康男子的性欲。

事后的疲劳久久不散，无奈丹之助无法自制。他会饮酒，但绝不豪饮。正因他无法酩酊大醉，一睡了事，才想借女体解忧。行事之后，他浑身是汗，自然累得倒头睡去，只恨这种难眠之夜屡见不鲜。

翌日的疲劳无疑会加倍……加倍又如何？反正都是闭门不出。倘若想睡，一整天不出卧房又有何妨。

"唉……唉……"

他叹息不止，翻来覆去，哪知卧榻下正有人竖着耳朵。

那是草者阿江。是夜，阿江将笹井丹之助的府邸查了个底朝天。府里固然有人把守，却皆被阿江轻易躲开。阿江如夜风般来无影、去无踪，将府邸细细看彻，果然寻到了马场彦四郎住的长屋。


天空泛起鱼肚白时，笹井丹之助总算睡着了。

那时，阿江都回到了指谷村的净云寺。

"如何？"

住吉庆春熬了粥，等候阿江归来。

"成天跟年轻的侍女厮混……"

"哎呀……"庆春瞪大双眼，"那真是让人艳羡！"

"瞧您说的……"

"那老头竟然有这本事，你就不觉得奇怪？"

"人的身体就是如此神奇……"

"不错，不错。不，别说笹井丹之助……瞧瞧，"庆春指着阿江，笑道，"你不也是个奇人嘛。"

"哈哈哈……"

"谁会想到你是个六十好几的老太婆啊。"

阿江登时不说话了。

"啊！抱歉，老夫说错话了……"

"不……阿江的确是老太婆。"

"不高兴了？"

"先别说这些。叔父，我觉得他的情形跟您听来的不大一样。"

"哦？"

"大肆淫乐之后，他竟然一个人辗转反侧，无法睡去，"阿江将卧房中的情形告知庆春，说道，"怕是要再打探打探。"

"这样啊……"

"他会不会是被软禁了？"

"唔……"

"兴许他正后悔毒死加藤主计头大人呢。"

"这个……"

"不知那府邸的旧主是谁？我看了一圈，只觉得残破不堪，似乎无人打理。"

"嘿……"

"下人是有一群，却没人帮那个笹井丹之助做事。"

"啧……"

"就寝前，丹之助出门小解，竟然无人陪同，倒是有家臣躲到后院的树丛里监视他的卧房。"

"家臣？"

"不错。"

"阿江，这……"

两人四目相对，一时无言。

# 第叁话

他白天的画就放在枕边，画中是个十二三岁的少女。少女身着男孩般的筒袖衣物，骑着匹小马，吹着草笛。

用完粥，住吉庆春自言自语道："笹井丹之助怕是要被德川家给养死喽……"

阿江亦有同感，符合道："大去之期不远矣……"

"此话当真？"

"是。"

"莫非会被毒死？毒杀清正公的丹之助，又要被幕府毒死……真讽刺。"

"就算幕府不下毒，只怕他都活不久了。"

"这话怎说？"

"谁让他胖成那样……"

"大门不出，二门不迈，吃了睡，睡了吃，能不胖嘛……"

"他的心脏无疑脆弱不堪。"

"你当时不是躲到地板下了？这都看出来啦？"

"是啊。"

交欢后，笹井丹之助对女子喊道："滚！"

阿江听到他的喘息，便推知他疲惫不堪。

"不愧是马杉市藏之女。老夫这甲贺忍者就没你这般本事……"

身负甲贺秘命的住吉庆春彻彻底底成了个画师。住吉庆春和笹井丹之助的肉体机能均跟常人无异。

"听到这儿，老夫不禁有些同情那个笹井丹之助了……"

"这要再打探一番才行。"

现下的甲贺忍者，再没有自主和自律了。

阿江喝完了粥，说道："叔父，容阿江歇息片刻。"

她说着便躺了下来，一眨眼便睡熟了。两刻（四小时）后，阿江睁开眼，只见住吉庆春正打着呼噜。

午后，庆春醒来。阿江早就没了影子。

（哎哟，明明都是老婆婆了，竟如此不知疲倦……跟阿江同住真令人提心吊胆……）

庆春不禁苦笑。

这是个大晴天，幸好小屋附近有一片茂密树丛，晚夏的强烈阳光照不进来，倒是挺凉爽的。

住吉庆春洗了把脸，用大号茶碗倒了杯酒，摊开画纸，提起画笔。

阿江直到夜里才回来。

喝醉酒的庆春早就甜甜睡了。他白天的画就放在枕边，画中是个十二三岁的少女。少女身着男孩般的筒袖衣物，骑着匹小马，吹着草笛。

阿江看着画，两眼不觉放光。

"啊……你回来啦，"住吉庆春坐了起来，问道，"那幅画如何？"

"这不是儿时的我嘛……"

"是呀，是呀！喜欢不？"

"当然喜欢啊！"

"那就送给你吧。"

"叔父真要将这画赠给我啊？"

"嗯，拿去吧。"

"太好了！好高兴……"

阿江拿着画，露出画中少女般的天真笑颜，连连道谢。

"对了，今日你又去笹井府邸了？"

"不错，然后又去了一趟程谷。"

"程谷……东海道上的程谷？"

"对。"

东海道上的程谷距离江户大概有八里半。一来一回，便是十七里路。

阿江一副若无其事的模样。

住吉庆春曾是甲贺忍者，自然知道忍者日行四十里路的本事，然而想想阿江毕竟是六旬之人，不禁瞠目结舌。

"为何要去程谷？"

"我之前提到的那个马场彦四郎出了笹井府邸，沿东海道西上……"

"唔……"

"我刚好守着笹井府邸的后门，只见他一副行路打扮，用草帽挡住面孔，由五名士兵陪着离去……"

"幸好，幸好。"

“险些被他逃了。”

“那马场彦四郎一行，晚上就住程谷？”

“不错，我见他们住了店，这才回来。”

“那你等下不是又要去程谷了？”

“不错。我怕叔父担心，所以先回来打个招呼。”

“不如明晨再去吧？”

“不，我等下就去。”

“真会忙活……”

“我要查清彦四郎的去向才行。”

阿江无穷无尽的精力让住吉庆春大感震惊。

“叔父，叔父！”阿江停顿片刻，说道，“您再瞧，阿江脸上可就要开了洞了……”

“啊……抱歉，抱歉。”

“叔父，先让阿江填填肚子吧？”

“好，好！”

两人开始做饭。吃罢，阿江用井水冲了冲身子，洗去汗水和尘埃，换上了干净衣裳。

“我去去便回。”

“不再带些行装？”

“不知彦四郎这是要去哪里……总之先跟着看看再说。”

“盘缠还够吗？”

“够。叔父，阿江告辞了……”

“好，一路小心。”

“知道了，叔父也请多保重……”

“老夫边画画边等你回来。”

“那幅画待我回来再取。”

“好。”

阿江悄然离开屋子，消失进了黑暗。

（老夫的腿脚若如阿江般健朗，定能助她一臂之力……）

住吉庆春毕竟是云游四海的画师，年轻时虽然脚力过人，现下却……

（怕是不行喽……）

上了年纪，走路都有些问题。每天早晚出门洗脸竟成了麻烦事。

（看来老夫亦是命不久矣……）

庆春侧身躺下，又开始喝酒。

# 第肆话



七天后，阿江回到了住吉庆春的小屋。

她顶着夕阳，悄然出现。阿江的面孔和手臂都晒得黝黑，身上穿着当地买来的衣裳，肩上扛着小包袱。

"阿江，总算回来啦，"庆春甚是激动，张开双臂奔向庭院，"一切可好？"

"沾您光喽。"

"快，快，快去洗洗身子，换下的衣裳都给你洗好了。"

"哎呀，这太难为情了！"

阿江羞红了脸。

"快用井水洗洗，换身衣裳，有话稍后再说。"

"好吧。"

阿江被庆春催着去洗了身子，回房一看，庆春都备好了酒菜。他把净云寺僧人做的豆腐浇上味噌，配以椒盐茄子。

庆春给阿江斟了酒，说道："快吃吧。"

阿江一口饮尽。

“好喝不？”

“好喝，好喝。叔父，让阿江给您斟一杯吧。”

“好。对了，马场彦四郎之事查得如何？”

“他去了远州挂川的威光寺。”

“慈海和尚的……”

“不错。”

“怪不得……”

院里传来阵阵虫鸣。白日里艳阳高照，太阳一落山，四下里便凉了。

秋天果然来了。

“阿江，要不要老夫帮你一把？”

“关键时刻，自会求叔父出手相助。”

“那你只管开口！老夫正百无聊赖呢！”

“哈哈哈，叔父不是洗脸都嫌麻烦嘛……”

“所以才想出去动弹动弹啊。一动弹，许会恢复不少气力和体力。”

“话说回来，晚上要让阿江好好睡上一觉呀。”

“累坏了吧？”

“可不是嘛……”阿江耸耸肩，抬眼瞧了瞧住吉庆春，“区区七天，竟累成这副模样，真是岁月不饶人呀。”

阿江面带微笑，话音里却透着一股寂寥。

正是那时……

京都的铃木右近派使者去了信州上田城，求见伊豆守真田信之。

使者带去的是长坂理右卫门病死的消息。

长坂理右卫门景行是德川家康的家臣，曾奉家康之命执行特殊任务。家康死后，他常驻京都二条城，跟铃木右近来往密切。

如前所述，大坂冬之阵结束不久，长坂理右卫门奉家康之命，利用小野阿通的府邸安排真田兄弟密会。那次密会成了长坂和右近友谊的开端。

“长坂理右卫门一生奉公，家康公之死，便是理右卫门之死。”

长坂理右卫门无妻无子。家康死后，他总是如此念叨。

他常常兴高采烈造访京都的真田府邸，寻了铃木右近痛饮。

看完有关长坂理右卫门之死的信，信之的神情有些无法形容。他让使者退下歇息，继而支开旁人，独自冥想了一刻（两小时）之久。

然后，他取出纸笔，亲自磨墨，大概是要节约纸面的缘故，用极小的字迹给铃木右近回信。

他将纸片卷成细细一条，用烛台的蜡烛滴了许多蜡，密封好。

这是亡父昌幸亲自传授的方法。

次日一早，密函交到铃木右近的使者手中。使者名唤金子藏之助，三十三岁，深得铃木右近信赖。见密函不同寻常，金子藏之助顿时有些紧张。

“速速回京都将密函交给右近忠重，明白没有？”

“是。”

“你自然懂得这密函事关重大……”

“是！”

金子藏之助昨晚睡了个饱，根本没想到第二天会身负重任。

“属下告退……”

“万事拜托了。”

“定不辱命！”

金子贴身藏好密函，骑马出了上田城。他装作若无其事的模样，让马儿走得极慢。听闻此事，真田信之不禁松了口气。

（此人果然谨慎。）

午后，小川治郎右卫门一进城便被信之唤去，密谈了一刻之久。

“仅靠你一人，定是力不从心……”

信之听取治郎右卫门的建议，挑出三名可靠之人。

要保证上田城和江户府邸的联系，就要加派人手。不光要可靠可信之人，更要跟小川治郎右卫门有些默契才行。

“阿江杳无音信……她可是去了江户？”

“应该是吧。”

“阿江身手不凡，想来不用替她担忧。但是……”

“属下亦有同感，不如命属下去江户查探查探，主公意下如何？”

“派你去？”

“不错。”

“不，不用了，没到时候……”

是日，住吉庆春的小屋里，阿江正盯着一张图纸怔怔出神。

庆春瞥了一眼，问道：“这是哪里的图纸啊？”

阿江随口答道：“江户的真田家府邸。”

# 第伍话



"大人……大人……"

黑暗中，一个女子轻轻说道。

但马守矢泽赖康猛然睁开双眼，就那样躺着问道："阿江？"

"不错，正是草者阿江。"

江户樱田的真田府邸里设有矢泽赖康的长屋。主家府邸内的长屋共有三间，赖康重回江户这月余以来，总是独自一人去长屋就寝。

信之派小川治郎右卫门来江户跟二位家老商讨之后，赖康就料到阿江会突然来访。经真田信之、矢泽赖康首肯，小川治郎右卫门绘制了真田家江户府邸的图纸，交给阿江。矢泽赖康坐起身来。微弱的油灯灯光之下，只见房间角落里的阿江正伏地行礼。

"凑近些。"

"那就恕我失礼了。"

阿江悄然凑近。

赖康将她端详了一番，讶然感叹道："你真是一点儿没变……"

阿江笑道："灯光太暗，您瞧不见我脸上的皱纹。"

"不不，你没变，一点儿没变……"

"大人说笑了。"

"阿江，你多大了？"

"大人明明知晓阿江的来历，这怕是明知故问吧。"

"唔……"赖康瞠目结舌，呆呆盯着阿江看了许久，才正容说道，"听说你去大坂追随左卫门佐大人，凡事皆尽心尽力，真是有劳你了。"

"大人言重了。"

"草者就你一人幸存？"

"许是如此……"

"实属不易。"

"只恨阿江是女儿身，大人不许我随他出阵……"

"怪不得呢。对了，向井佐平次、佐助父子是不是都阵亡了？"

"八九不离十吧。"阿江低头默然片刻，忽抬头道，"但马守大人，阿江有一事相告。"

"马场彦四郎之事？"

"正是。日后需加强江户和上田之间的联络。"

矢泽赖康立刻颔首，说道："一点不错。"

为防万一，真田家早就准备妥当。

"马场彦四郎仍在那笹井府邸？"

"不，适才刚刚去了远州挂川。"

"挂川？为何要去挂川？"

"但马守大人不知挂川玄机？"

"确实不知。"

“挂川有个威光寺……”

阿江开始讲述慈海和尚之事。矢泽赖康一脸紧张，仔细听着。

一刻（两小时）后，阿江离去。

“此后，阿江许会时常至大人卧房打搅……”

“无妨。我晚上都会回这长屋。”

“有劳大人了。”

“你住在江户的哪里？”

“我漂泊惯了。”

阿江没有说出住吉庆春的小屋。若赖康手下另有草者就罢了，无奈赖康本人实不熟知忍者之事，稍有岔子的话，恐将妨碍阿江的工作。

“若有急事要跟你联系，该如何是好？”

“大人请放心，我自会上门拜访。”

“这样啊……”

“以后总会想出联络佳法的。”

“那好吧。”

“我就此告退。”

“这就走了？”

“近期会再次打搅的。但马守大人，希望您速速通知上田的主公……”

“好。”

阿江悄然离去。纸门开合速度之快，让矢泽赖康叹为观止。赖康是头一回亲眼目睹草者言行。他盯着阿江坐过的地方，如做梦般出神了许久，终于站起身走去隔壁房间。

那便是但马守赖康的居所。

赖康在小桌前落座，写起了给伊豆守信之的密函。

翌日一早，矢泽赖康唤来真田府邸的一名家臣——舟津加兵卫。

加兵卫是年四十岁，身份低贱，却是忠诚无二。他家从他的曾祖父开始便是真田家家臣。舟津家代代奉公，却直至加兵卫长茂都未立下战功。正因如此，他们迟迟未得升迁。

信之当然懂得舟津家的忠诚。舟津家总在不引人注意的地方默默尽忠，可谓幕后功臣。不张扬怕是舟津家的家训，而加兵卫长茂正是如此。

小川治郎右卫门建议信之，让舟津加兵卫参与江户和上田的联络工作。

"不谋而合！"

信之欣然点头。

矢泽赖康吩咐道："速回上田……"

赖康交给舟津加兵卫的密函用极薄的纸张写成，卷成细条，再用蜡密封，跟真田信之交给铃木右近的密函如出一辙。

舟津将密函插入小袖衣领深处。

"那我这就出发。"

"一路小心！"

"是！"

舟津骑马离开真田府邸。舟津亦故意放慢马速，一如铃木右近派往上田的金子藏之助。直到出了江户，他才快马加鞭……

# 第陆话



三日后，阿江再度夜探笹井丹之助的府邸。

当晚，笹井丹之助又让年轻侍女侍寝，大肆淫乐，直至老体疲惫不堪。

完事后，他果然大吼道："滚！给我滚！"就此将侍女轰出卧房，继而剧烈喘息。

（大事不妙……）

阿江微微一惊。

黎明时分，阿江回到了住吉庆春的小屋。

"叔父……"

"笹井丹之助情况如何？"

"恐怕命不久矣……"

"咦？有人下了毒？"

"不是。"

"那……"

"他的心脏就要衰竭了。"

"亏他还有精力跟女子淫乐……"

"只怕他是难以自制。"

"唔……"

"不用下毒，没几天就该死了。"

"请大夫了没？"

"不清楚，那家伙毕竟是甲贺忍者，怕是不会轻易请大夫吧……"

"这话倒是。天知道药里会放些什么。"

"是啊。"

"关东无疑将他视如眼中钉、肉中刺……"

"不错。"

"丹之助若就此毙命，幕府真是白捡了个大便宜。"

"所以才会放任他玩弄年轻侍女吧……"

"那些女子将丹之助的精血都吸干了……"

"亲生子小十郎才两岁，由两名乳母照料，但天生体弱多病，怕是活不长久……"

"好容易熬成两千石的旗本，竟连府邸大门都出不了……"

"形同囚犯。"

"无奈啊……"

"叔父。"

"哎？"

阿江凑近住吉庆春，就着他耳边低语许久。庆春老人连连点头，似颇兴奋。

"叔父意下如何？"

“嗯，有意思！”

“如此一来，就帮笹井丹之助顺便泄愤喽。”

“哈哈哈，不错……兴许真会如此。”

朝阳下，院中的无名秋草绽放五彩花朵。不知哪里的草云雀唱着婉转的歌谣。

“此事绝非逗趣……”

“哦？此话怎讲？”

阿江再次跟他耳语。

“原来如此……嗯，原来如此！”

“如何？”

“阿江，你打算靠一己之力……”

“请叔父鼎力相助。”

“老夫能帮上忙？”

“定有力所能及之事……”

说到一半，阿江再次压低嗓门。

听完，住吉庆春瞪大双眼，说道：“此事不知能不能成……”

“我绝不勉强叔父，但我以为值得一试。笹井府邸的看守明显变少了。”

“因为马场彦四郎去挂川了啊……”

“不错。”

“阿江，你晚上又要去笹井府邸？”

“自然要去。”

阿江由住吉庆春帮着，准备了细绳和一大匹布。夜深之后，阿江将它们打进包袱，离开了小屋。

这个晚上，笹井丹之助直种直接回了卧房。他无力再临幸侍女了。

正如阿江所说，油灯的浅浅灯影下，丹之助一脸死相。他的脸上、身上满是赘肉，食欲亦颇旺盛，然而……

"唉……"

丹之助望着天花板，喟然一叹。

又是个难眠之夜。近来，丹之助特别畏惧"睡觉"一事。

他亲手毒死的主计头加藤清正屡屡现身梦境。虚幻中的加藤清正身着白袍，自一片黑暗中飘然而来，凝目盯着他看。丹之助变回厨师片山梅春的模样，跪倒清正面前。

他难耐清正的目光，只得拼命求饶道："主公恕罪，主公恕罪……"

梅春想要低下头来，无奈身子不听使唤，唯有软软趴着，抬着脑袋。

明知道是梦境，那份痛苦却委实超乎想象。倘若有办法错开视线就好了。然而，他的眼珠子动弹不得，眼皮都合不上。

加藤清正其实没有瞪着梅春。相反，清正的眼神中饱含无限怜悯，温柔望着梅春——不，望着笹井丹之助。

那温柔的眼神比"瞪"更让丹之助痛苦和恐惧。

"主公恕罪，主公恕罪……"

丹之助连连求饶，无奈主计头清正一言不发。

他由此更痛苦了。清正现身梦境的时间极短，丹之助却觉得那段时间漫长得犹如好几小时。

笹井丹之助胸闷无比，浑身冷汗。当痛苦到达顶点时，他便会突然惊醒。

# 第柒话



丹之助直种梦见加藤清正，惊醒时的不快着实难以名状。

（不知甲贺会如何看待我啊……）

丹之助一时茫然。

诞下小十郎的妻子若是在世，笹井丹之助绝不会痴迷年轻女子的肉体。妻子生前，他从不曾梦到加藤清正，甚至都不会想到甲贺。妻子虽是二婚，毕竟是旗本之女，深知武家生活习惯，堪称丹之助的贤内助。听闻她怀了身孕，笹井丹之助欢喜异常。

（没想到我竟有娶妻生子的一天！老天待我不薄，晚年竟如此幸运……）

丹之助精神大振。

（最好是个男孩……孩儿长大成人之前，我可得撑着点！）

他决意要长命百岁。妻子果然诞下麟儿，哪知她生子不久便撒手人寰，而且儿子亦是体弱多病。丹之助一眼便知这孩儿怕是活不长，一时悲从中来。

（命运弄人……）

无尽的悲哀只得用女体来抚慰。然而，加藤清正现身梦境之事，他实是始料未及。细细想来……

（当年清正公对我的料理是何等赞许。我竟恩将仇报，活该遭此报应……）

他眼下固然是两千石的旗本，但那哪里是大老爷的日子？根本就是孤身一人客居异国他乡。

丹之助离开熊本城之后，本以为人生只有两条路——要不然就回甲贺接下新任务，要不然就回甲贺安稳度日。哪知甲贺方面竟然没了消息。

他以一介甲贺忍者的身份出任两千石旗本，真是匪夷所思。幕府显然是怕他揭开加藤清正之死的真相。

（莫非幕府打算软禁了我，择日毒死灭口？）

丹之助近来甚是忧虑。

（唉，不如饮鸩自杀算了……）

他想要自暴自弃，却又畏惧死亡。一日三餐，他总会让侍女先吃试毒，否则便一口不沾。

他曾召来一手掌管府邸上下事务的山崎濑兵卫，问道："可否让我回甲贺看看？"

山崎濑兵卫答道："大人何故要去甲贺？"

"这……我毕竟是甲贺山中……"

不等丹之助说完，山崎便一举右手，打断了他。

"且慢！大人休得胡言乱语。"

"啊？"

"您是将军的家臣。"

"这……这我知道……"

"您跟甲贺哪有半点关系？"

"唔……"

只听山崎濑兵卫冷冷说道："大人就别再胡思乱想了。"

笹井丹之助自然无法从山崎口中听闻大和守山中俊房之死。

"尚望大人从此谨言慎行。"

山崎彬彬有礼，却句句近乎呵斥。山崎的双眼闪着令人毛骨悚然的白光，笹井丹之助被他注视得讷讷不语。

丹之助忍了许久，有一天总算壮胆说道："我想见挂川的慈海大师一面。"

山崎濑兵卫立刻答道："没问题，我这就去办。"

结果再无下文。

数日后，笹井丹之助问道："求见慈海大师一事办得如何？"

山崎濑兵卫颇不耐烦，皱眉说道："大师公务繁忙……"

"这……这样啊……"

"正是。"

山崎老人昂然说道。似乎是要告诉对方：此事不得再提。笹井丹之助无言以对。此后，山崎濑兵卫果然再没提到慈海和尚。

（真不知我跟山崎濑兵卫谁才是这府邸之主……）

丹之助只得作罢。

# 第捌话



当晚侍寝的侍女，是丹之助最中意的小佐。

年轻的肌肤是何等吹弹可破，躯体何等幽香四溢。丹之助这辈子从未品尝到如此甘甜美果。

一开始，小佐半裸着身子，说道："让奴婢给大人揉揉身子吧。"

丹之助的卧房破旧不堪，根本不像个两千石旗本住的地方。

丹之助不知道府邸的旧主是谁，只知道府邸和屋子都挺宽敞，家具和摆设却特别寒酸。屋子里只有丹之助亡妻带来的那点嫁妆。

山崎濑兵卫对这些事全不介意。不，许是装聋作哑。

丹之助若是宣称想要如何如何，山崎便会立刻允诺去办，但就是一直不见行动。他只会偶尔满足丹之助的要求，次数屈指可数。笹井丹之助是厨师出身，不指望大富大贵的奢华生活，但卧房里竟然都没幅挂轴，这就太不像话了。

话说回来，他们给丹之助准备的一日三餐倒是相当像样。丹之助以前毕竟是个厨子，这点眼光当然是有的。

　　同样像模像样的，是女人。妻子病死后，年轻侍女小佐来到了丹之助的卧房。那不是丹之助主动要求的。

　　小佐说道："山崎濑兵卫大人命奴婢给您揉揉腰肩。"

　　这哪有拒绝之理？笹井丹之助的确腰酸背疼。

　　"好，那就有劳了。"

　　"奴婢遵命。"

　　笹井丹之助躺了下来，小佐开始帮他揉腰。她边揉边幽幽叹息。

　　"小佐，有事？"

　　"不，没事……小佐再给大人揉揉肩吧。"她的身子擦过丹之助的身子，双手伸向肩膀时，突然娇嗔道，"哎呀……"

　　她顺势一倒。那温软润湿的嘴唇碰到了丹之助的耳垂……

　　笹井丹之助虽是老者，毕竟难忍年轻侍女这般挑逗，登时使出男子蛮力，将小佐压到身下。之后的事情，不必赘述。丹之助妄图借小佐的身子忘却不安和恐惧，衰老的身躯使出全力，狂暴行事。小佐对其百依百顺，半点都不反抗。

　　不仅如此。小佐的挑逗越发激烈，越发强烈。那一瞬间，笹井丹之助忍不住欢愉呻吟，不可自拔。

　　"小……小佐……你是我的心肝宝贝……听着……不要离开我……好不好……好不好？"

　　"嗯……嗯……"

　　丹之助曾大胆提出收小佐续弦，无奈山崎濑兵卫断然拒绝。

　　"大人何出此言？小佐身份低贱，哪里攀得上咱们笹井家？"

　　"不……不行？"

　　"万万使不得。"

山崎濑兵卫一语否决。

"那就没办法了……"

"理当如此。"

"我若死了，希望你好好关照小佐。"

"是。"山崎濑兵卫仿佛变了个人，垂首说道，"这件事，大人就交给我吧。"

"此话当真？"

"大人别挂念了。濑兵卫自会安排妥当。"

见山崎濑兵卫如此担保，丹之助不觉有些欣慰。

（但是，山崎濑兵卫这个人一贯都是……）

他无法完全相信山崎。山崎的承诺根本就靠不住。

"小佐……小佐……"当晚，笹井丹之助将头埋到小佐的双乳之间，状若疯虎，"小佐啊……我这般老人对你如此，你怕是烦透了吧？"

小佐默然不答，伸手摩挲起丹之助的背脊。

"是不是烦透了？"

小佐低低一笑。

"你笑什么？"

"奴婢没有笑。"

"分明是笑了！"

"奴婢不是觉得可笑才笑的。"

"那是为何……"

"这……"

"把话说清楚！"

"大人，饶了奴婢吧。"

小佐撒起了娇。

"不饶，就不饶！"

丹之助一发力，推倒小佐。

"哎呀，饶了奴婢吧……"

小佐故意抖动沾满汗水的乳房，装出推搡丹之助的模样。

"不……不行！小佐……"

"呀！老爷您别用蛮力呀！"

"哼，竟敢说我用蛮力……"

当时，阿江就躲在地板下方。

（那女子摆明是挑逗笹井丹之助呢。）

阿江分明听见丹之助直种跟小佐淫乐时的粗重喘息。

如此挑逗丹之助，会给他衰老的身躯带去何等负担，难道小佐不知？莫非她是明知故犯……故意挑逗？

笹井丹之助浑身大汗，享受着小佐。

"小佐，我就剩下你一个了……你别离开我啊……知道不……知道……"

那喘息的模样，仿佛下一秒就会魂归西天。

（咦？）

地板下潜伏着的阿江察觉了异样。

渐渐的……

"啊……啊……啊……"

笹井丹之助发出奇怪的呻吟，自雪白丰盈的大腿间抬起头来。

"唔……唔……"

他呻吟着，挣扎着，面如土灰，满脸冷汗。只见丹之助用双手按住左胸，咬紧牙关，终于一头栽在地上。他跟小佐就这样从卧榻翻倒在了草席上。

笹井丹之助挣扎了两三下，就此不再动弹。浑身是汗，一丝不挂的小佐默然不语，凝视着丹之助的背脊。这个年轻女子竟无讶异之色。

须臾，她凑近丹之助，伸手探了探他的鼻息，喃喃开口。

"死了。"

她擦了擦身上的汗水，穿上衣裳。

# 第玖话

两人似乎早就商量好了运来笹井丹之助之后该做的事。

侍女小佐穿好衣裳，环视四周，这才拿着笹井丹之助的睡袍，凑近赤身裸体的尸首……

丹之助毙命前吐了些污物，房中弥漫着恶臭，惹得小佐皱起眉头。小佐边咂舌边为丹之助的尸首穿衣。她没有将丹之助抱回卧榻，而是将他整个推倒。接着，她伸手推开卧房跟隔壁房间之间的纸门。

正要开门，小佐突然回头瞥了一眼笹井丹之助的尸首。

说时迟，那时快。有人从另一侧打开了纸门！

小佐的手搭在门上，尚未用力，此际自是大吃一惊。

"啊……"她回头去看，不料黑影从隔壁房间悄然而出，朝她猛击一下，"唔……"

一声呻吟后，小佐应声倒地，失去了知觉。

那黑影正是草者阿江。阿江踢了踢小佐的脸，见小佐纹丝不动，便自隔壁房间取来一包行囊，将小佐四肢绑紧，又往她嘴里塞了根布条，这才靠近笹井丹之助的尸体。

（片山梅春……不，笹井丹之助。我本可救你一命，无奈救不救结果都是一样，你反正只是具行尸走肉了，何况关东又盼着你早日归西。丹之助啊……就算你回到甲贺又有何用，甲贺彻底变了，谁都不认识你。慈海和尚跟山崎濑兵卫的如意算盘打得真好，不用下毒害你，只要让你跟那年轻侍女共度春宵，你自会一命呜呼……）

阿江对笹井丹之助默默说了这一番话，继而脱下丹之助身上的衣物，取出包袱中的大块布片盖在他身上。

（牡丹花下死，做鬼也风流。你算是死而无憾了吧？话说回来，毒害清正公的罪孽，还得靠你的尸首来还……）

阿江用布将尸首包好，再用细绳一捆，只见丹之助的尸体顿时小了一圈。被她以雷霆之势捆好的尸体，看上去就是个普通行囊。

伸手不见五指的后院里，笹井府邸的仆役正四下张望。

一名家臣前来问道："小佐还在呢？"

"嗯。"

"今晚还真够久的。"

"我算是开了眼了，那老头真行……"

"听小佐说，他撑不了几日。"

"回光返照？"

"估计是。"

"片山梅春一死，我等便该撤退了……"

"是啊，只要听慈海和尚的安排就行了。"

两人虽是笹井丹之助的家臣，却知晓他从前的名讳，而且公然说了出来。

卧房中，阿江自包袱里取出木板与木棍，着手组装。

她早就将零件分批运进了卧房的地板下面。像是农家常用背篓的东西，很快就成型了。


一刻（两小时）后，阿江回到了小石川指谷的净云寺。

本堂后方，便是住吉庆春的小屋。

"叔父，阿江回来了。"

见来人是阿江，卧榻中的庆春立刻坐起，目瞪口呆。

只听阿江嘀咕道："这点东西都嫌重，我怕是时日无多喽……"

望着阿江将背篓中的"行囊"放到地上，庆春不免惊愕。

"阿江……那是……"

"不错，正是笹井丹之助的尸首。"

"果然……"

"是啊。"

"你……你竟能从那笹井府邸中溜出？"

"哎呀，"阿江咯咯直笑，"叔父您毕竟是甲贺忍者，竟说这些。"

"可你孤身一人……"

"就这点看守，自然手到擒来。"

"手到擒来……"

住吉庆春愕然。四周仍是一片漆黑，天要过些时候才亮。

"可……你究竟是如何溜出来的呀？"

"我放了把火。"

"啊？"

"在卧房放了把火。"

"哈哈哈……"

"院子里的看守见卧房着火，便大呼小叫喊人来救火了。"

“那是自然。”

“当时真是乱作一团。”

“所以你就趁乱……”

“不错。”

“怪不得……”

“火好像灭了。丹之助那个侍妾估计是得救了。”

“来来来，说详细些！”

“叔父，我想先给笹井丹之助洗洗身子。”

“这倒是……”

“可否请叔父相助？”

“好。”

住吉庆春站起身，脱下睡袍，只留块兜裆布。

“现在这时候，净云寺之人定不会察觉。”

“嗯，老夫去打些水来。”

“拜托叔父了。”

两人似乎早就商量好了运来笹井丹之助之后该做的事。阿江切断细绳，将尸首摆到地上铺着的木板上。庆春从井里打回凉水。

话说回来，屋里早就添了十几个水桶……

阿江用住吉庆春打来的水，洗净了丹之助的身体。

“叔父，天快亮了。”

“嗯，得抓紧啊。”

“是啊，得趁天亮前……”

“对。”

“叔父，能劳您再打些水来吗？”

“好。”

# 第拾话



天亮了……

净云寺的僧人来到住吉庆春小屋送蔬菜。只见庆春仍在呼呼大
睡，而阿江正在灶头准备早膳。

不知二人将笹井丹之助的尸首藏在何处。

小屋里弥漫着线香的味道。僧人抬眼一看，原来小屋深处立了
个白木牌位，还上了灶香。小屋点香是头一遭。

僧人望向阿江，问道："那牌位是……"

"是先父的。实不相瞒，今日是先父忌日。"

"原来如此……"

住吉庆春将阿江引荐给净云寺僧侣时，谎称阿江是其家兄之女。

"此女身世凄惨，丈夫跟两个孩儿都没了，无依无靠，只得投
靠我这个叔父。"

净云寺之人对此深信不疑。

僧人在牌位前双手合十，之后便离开了小屋。

阿江目送僧人离去，喊道："叔父，早膳备好了。"

"嗯……"住吉庆春缓缓坐起，问道，"他没起疑吧？"

"没有。"

两人将笹井丹之助的尸首洗净，藏到了小屋地板下面，无奈天气炎热，尸体渐渐有了尸臭。幸好阿江早有准备，立了个假牌位，又点了香。

"阿江，看来今夜必须得动手了……"

"是啊。"

"老夫与你同去。"

"拜托叔父了。"

今日晴空万里，小屋外的野菊吐出无数白花。住吉庆春用了早膳，便坐到小桌前方，提笔写起东西。阿江走到屋外洗衣裳，顺带望风。

片刻之后，庆春招呼道："阿江，来瞧瞧。"

他将一张写满文字的纸递给阿江。

阿江经台所进屋，通读一遍，赞道："挺好的，如此便好。"

她点了点头，又出门去了。住吉庆春自架子中取出一块木板。木板长两尺，宽四尺有余，四周皆打磨妥当。可见这二人早有准备。

庆春将纸上的文字誊到了木板上面。

"写完喽。"

庆春站起身，将纸递给阿江。阿江将纸片丢进灶头，化为灰烬。

住吉庆春用布包好木板，将它塞回架子。

"阿江，还有啥要做的？"

"眼下做这些便好。"

午后，阿江戴上草帽独自出门，直到太阳快落山才回到小屋。

“笹井府邸情况如何？”

“外头看不出个所以然来，堪称风平浪静。”

“但里头无疑大惊失色。”

“那是自然。”

“可不能便宜了他们。”

“不错。”

两人四目相对，微微一笑。

用了晚膳之后，两人便关好门窗，搬出了地板下的尸首。

“好臭啊……”

庆春皱起眉头。

“可是，叔父，您瞧那表情多安详啊。”

“还真是……如此看来，他长得也挺人模人样。”

“笹井丹之助……不，片山梅春长年不在甲贺，毒害清正公之前又无人联络，不知甲贺有何变迁，便走错了忍者之路……”

“仔细想来，他亦是可怜之人啊。”

“今日得请他助我等一臂之力。”

“嗯，梅春泉下有知，定会拍手叫好。”

“阿江亦是同感。”

突然，雨点洒在了屋顶。

“下阵雨了。”

“下不了多久。”

“木板上的字淋了水可就糊了……”

“阿江自有对策。”

“那好，咱们该出门了。”

“对。”

阿江与庆春给布卷中的笹井丹之助换上白衣。内衣、小袖和简单的袴都是崭新白布，而且都是阿江亲手缝制。住吉庆春抱起换上寿衣的丹之助，让阿江给他梳理乱发，包上白色头巾。之后，两人在泥地铺了张草席，将笹井丹之助的遗体放在草席上，双手合十。

（如此便好……）

住吉庆春点了点头，往丹之助身上盖了块布，再盖一层草席，用细绳固定在手推车上。

“雨停了。”

“出发吧。”

“好。”

阿江打开房门，见四下无人，便回头对庆春点头示意。庆春正要拉着载有尸首的手推车出门，却听阿江说道：“阿江来推车吧，叔父殿后。”

# 第拾壹话



翌日一早，江户城大手门附近的河岸边人头攒动。身着白寿衣的笹井丹之助直种背靠手推车，身旁竖着一块大木板——

"老朽现称旗本笹井丹之助直种，昔日实是甲贺山中忍者，长年伪装厨师片山梅春至诸家刺探情报。庆长十六年，老朽奉关东和甲贺之命，斗胆毒害了加藤清正公……"

毒害加藤清正之后，又奉甲贺之命前往挂川威光寺，至慈海和尚手下暂居片刻，大坂战役结束后荣升两千石的旗本，无奈……

"一如幽禁。"

直至一命呜呼。

"因防后人不明真相，特此通告。"

木板之文就此结束。世人一看便知这绝非出自丹之助本人之手。

若将丹之助直种的尸首与木板置于大手门前，无疑会被江户城的卫兵发现。巧就巧在尸首放在河岸，离城门有些距离。附近大名府邸里的人纷纷出来凑热闹，更有些人拿着纸笔抄写木板上的文字。

"有意思！"

"是谁干的啊？"

"别收！就这么放着！"

甚至有人如此叫嚣。尸首与木板被人群围了个水泄不通。幕府收到情报，立刻派一队人收走了尸首与木板，无奈当时都中午了……

翌日夜间，密使抵达了远州挂川的威光寺。该密使正是笹井丹之助"家臣"山崎濑兵卫的手下。

慈海和尚看完山崎濑兵卫的密函，登时骂道："山崎濑兵卫这个蠢货！"平日里宠辱不惊的慈海和尚竟一反常态，朝密使吼道，"将当夜的情况细细报来！"

密使名唤林久兵卫，深得慈海和尚信赖。丹之助暴毙当夜，他正在长屋歇息。

林吓得脸色惨白，只反复说道："属……属下罪该万死！"

"关键时刻，岂能如此疏忽！"

"这……"

"快说！丹之助直种当夜是不是跟那女子同房了？"

"是。"

"然后呢？"

"突然……卧房起火了……"

"什……什么？！"

听完林久兵卫的汇报，慈海和尚坚信是有忍者从中作梗。

笹井府邸的家臣里面有三个伊贺忍者，此前一直尽忠职守。见府中太平无事，他们不免放松警惕。话说回来，他们做梦也料不到卧房竟会起火。

“我将丹之助装在背篓中，穿过前来灭火的人群，自台所来到后门，用钩绳翻过围墙……”

阿江向住吉庆春如此描述。六旬的阿江竟有如此体力，着实令人瞠目。但是，阿江说的分明是“穿过前来灭火的人群”……

可见她是“堂而皇之”出了笹井府邸。若非身经百战、胆识过人的忍者，决计无法办到。

“笹井府邸众人狼狈不堪，手忙脚乱，真想让叔父开开眼界……”阿江苦笑道，“换作战乱之时，哪里会有这般笑话。”

恐怕慈海和尚亦有同感。慈海和尚虽知有忍者作怪，却难以想象此事只是一人之举，自然更联想不到真田草者。毕竟，真田家和加藤家素无渊源。

（莫非是熊本加藤家的忍者……）

慈海和尚只得如此推测。

（反正此事不宜轻视……）

当晚，慈海和尚派密使去了骏府城。

大御所家康死后，骏府城由德川赖宣（家康十子，次年就任和歌山城主）接掌，跟江户及慈海和尚联络甚密。翌日，骏府城派出一队警卫，将威光寺的马场彦四郎接至城内。笹井丹之助一事跟脱离真田家的马场彦四郎似乎无关，无奈慈海和尚惧怕“一事生一事”……

马场彦四郎不知道丹之助死了，忐忑问道：“何以要去骏府？”

“没事，别瞎寻思。”

“但是……”

“时机将近。当谨慎行事……”

慈海和尚恢复了镇静。

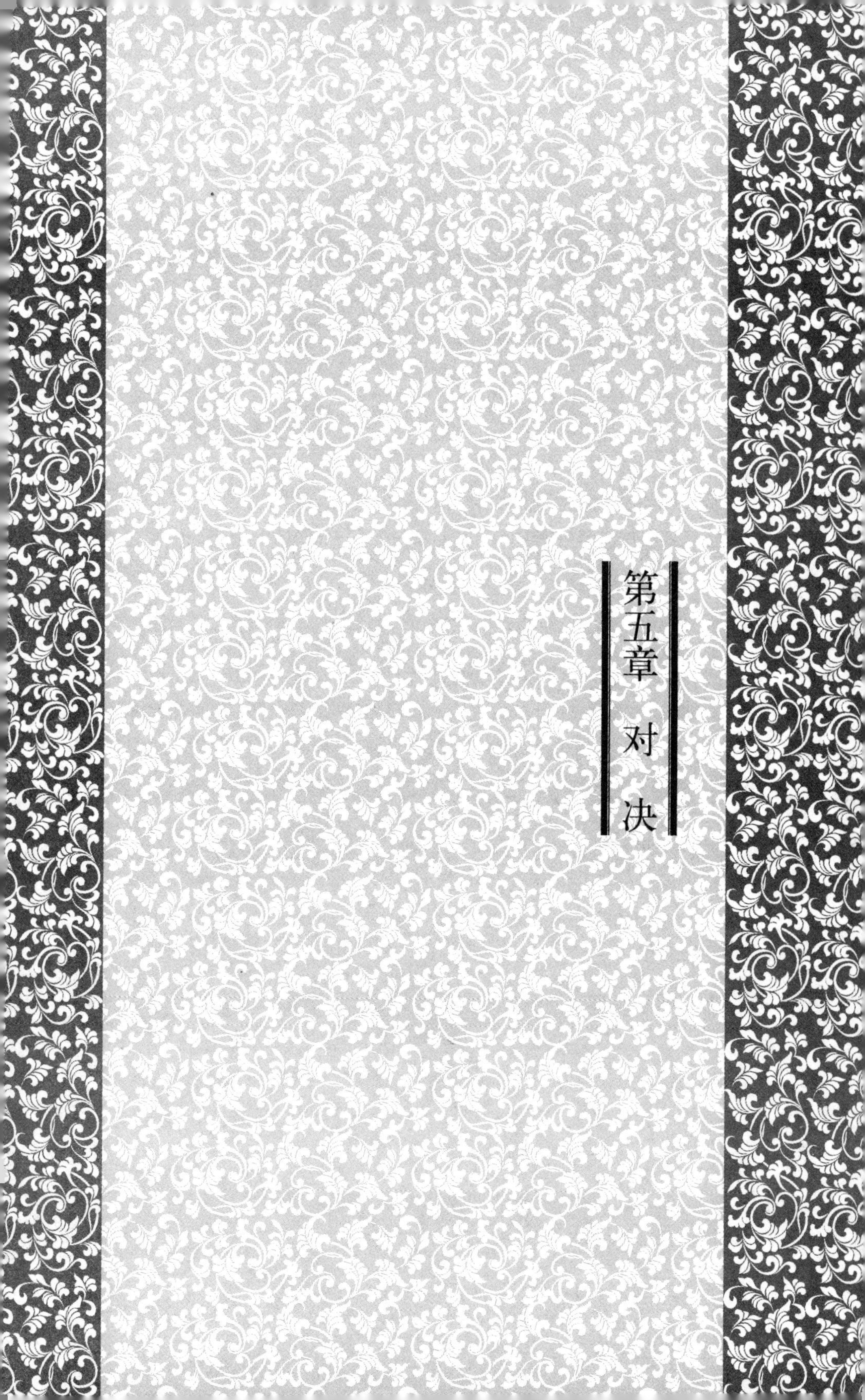

第五章 对决

# 第壹话



月余之后，德川幕府老职（日后的老中）土井利胜点名传唤真田家江户府邸的真田家江户家老——木村土佐守。

土井利胜府邸位于神天桥门内，距江户城的大手门咫尺之遥。他派人让木村土佐守来土井府邸一趟。当时，真田家前任江户家老——但马守矢泽赖康——尚未离开江户府邸。

木村土佐守对矢泽赖康道："总算要来喽……"

"去哪里？"

"明日去土井大炊头府邸。"

"好……"

"不知事态会如何发展。"

两名老臣对望一眼，眼角分明带着一丝微笑。

土井大炊头是大御所德川家康的舅父水野信元之子，后来当了土井利昌的养子。秀忠出生后，年幼的土井利胜便以小姓身份追随秀忠。秀忠和土井利胜主仆情深，秀忠接任将军，土井利胜的仕途自然一帆风顺。家康死后，他跟将军秀忠的另一老臣雅乐头酒井忠世（上州厩桥城主）共握重权。而家康的宠臣本多正纯则风光不再。

时过境迁，幕府内部的势力亦随之转变。父亲家康生前，将军秀忠总是抬不起头。家康一死，他算是熬成了名副其实的天下人。

土井利胜刚刚四十出头，现任下总国佐仓地区的城主，封地六万五千石。

翌日辰时，木村土佐守来到了土井府邸。他先去书院等了片刻，只见土井利胜竟跟酒井忠世一同现身。坊间盛传将军本人当时亦去了书院隔壁，一字不漏听着两位重臣和真田家老臣的对谈。然而，该说法似乎不大靠谱。

"这次命你前来，只因……"土井利胜望向木村土佐守，目光甚是凌厉，"大坂冬之阵结束后的元和元年正月七日，真田伊豆守曾至京都密会投靠大坂的弟弟左卫门佐幸村，此事是否属实？"

好一个开门见山。

木村土佐守镇静自若，立刻答道："千真万确。"

如此一来，土井利胜和酒井忠世反倒惊得面面相觑。这两人满拟木村土佐守会吓得手足无措，谎称绝无此事，要不然就推说不知。结果对方竟然一口承认，大出两人之料。要知道，此事委实关乎重大。现任将军秀忠和真田家的旧恨，天下谁人不知？

自打关原一役那时，真田兄弟便分袂了。幕府挥兵攻打大坂之际，伊豆守信之和左卫门佐幸村皆不免被人怀疑——

真田兄弟怕是早就商量好了，不管哪方获胜，真田家都稳如泰山。

倘若大坂夏之阵以前，二人确实曾密会、密谈，真田信之该如何向德川家康和幕府解释？然而……

木村土佐守的言外之意，似是——"那又如何？"

见状，土井利胜微微探身，说道："我再问你一次，元和元年正月七日，真田兄弟去京都密会，此事是否属实？"

"不错，真有此事。"

"哼……"

土井和酒井再次面面相觑。沉默良久之后，土井利胜才又开口问道："那好，你且讲讲伊豆守跟左卫门佐谈话的内容。"

"这个恕难奉告。在下当时没有旁听。"

"唔……伊豆守就没对你提过？"

"只字未提。"

"土佐守！"

"在。"

"事关重大！"

"此话怎讲？"

"这哪里用问！"酒井忠世忍无可忍，插嘴道，"木村土佐守，真田兄弟分属敌我双方一事，你当然明白？"

"在下明白。"

"敌我双方的两兄弟偷偷相见，成何体统！"

"启禀大人……"

"说！"

"元和元年正月之时，关东和大坂早有和谈誓文，双方实非敌人。"

"这……"

"他们哪里会料到战事重开？难道说，咱们关东早就开始暗暗准备夏之阵的事情，根本没拿那议和当回事？"

木村土佐守话中带刺，好不辛辣。

土井利胜和酒井忠世无言以对。

突然，倾盆大雨扫过后院。那是当年第一场时雨。

许久之后，土井利胜方道："但……但那毕竟是议和期间……"

"不错！"酒井忠世点头道，"兄弟二人若要相见，何不禀报幕府？暗中上京密会，究竟是何道理！"

土井利胜听了，跟着说道："关原之战以来，真田父子事事皆跟幕府作对，你又不是不知。"

"在下自然一清二楚。"

"你尚且懂得此事，真田伊豆守就更不该暗中跟弟弟会面！元和元年正月七日，这兄弟二人怕是有一番密谈，无论关东、大坂哪方取胜，总会有一人苟且偷生……回去告诉你家伊豆守！此事决计无法善罢甘休！让他静候发落！"

土井利胜滔滔不绝，不给木村土佐守反驳的余地。

"自当照办。"木村土佐守伏地行了一礼，又道，"然而，有一事不得不报。"

"何事？"

"本家伊豆守大人不是主动会见大坂城的左卫门佐的。"

"什……什么？"

土井和酒井一时难以预料木村土佐守的意图。

"偷偷摸摸密会京都，绝非伊豆守和左卫门佐之念。"

"言下之意……真田兄弟的密会是有人暗中安排？"

"正是如此！"

# 第贰话



听了木村土佐守的话，土井利胜和酒井忠世不觉窃窃低语。

土佐守反而非常平静。

土井对酒井点头示意，又道："土佐守。"

"在。"

"你可明白此事关乎重大？"

"在下明白。"

"唔……"

土井一眼看去，只觉得木村土佐守脸上满是"不服"的神情。

"是谁？"

"啊？"

"是谁暗中安排真田兄弟密会？"

"这……不知当不当说……"

"咦……"

"家主和左卫门佐密会京都一事，是机密中的机密。"

简直是废话。真田兄弟哪有公开会面的理由？

土井利胜有些焦躁，不觉问道："莫非你不想说出那人身份？"

"这……真田家倒是乐意说……"

木村土佐守显然是暗示他们，报出"幕后黑手"恐会使将军和幕府难堪。

无奈土井利胜催道："快说！"

木村土佐守只得确认道："当真要说？"

酒井忠世帮腔道："磨蹭什么！还不快说！"

"那我便照实说了。实不相瞒，真田兄弟密会一事，是大御所大人生前一手安排的。"

木村土佐守缓缓说完，伏地垂首不语。

书院中一片死寂，土井和酒井都惊呆了。

须臾，土井利胜犹如刚从噩梦中惊醒，以极难看的脸色说道："此话当真？切莫胡言乱语！"

"字字属实。"

见土佐守泰然自若，土井和酒井登时慌了。

土井利胜立刻问道："那我问你，大御所大人安排真田兄弟密会一事，可有物证？"

土佐答道："有。"

土井利胜不觉大是狼狈。

（坏……坏了，竟然弄成这样……）

土井和酒井不知如何是好，唯有再次面面相觑。木村土佐守每答一句，两人便要"面面相觑"一回。

"有何物证？"

"大御所大人手书。"

"啊？"酒井忠世惊得涨红了脸，忙道，"那手书你可带来了？快拿出瞧瞧！"

"这……"木村土佐守露出苦笑，"我真没料到此事，所以不曾带来……"

这话倒是合情合理。

"莫非证物远在上田？"

"不，就在江户府邸。"

"唔……那……那就明天再拿来看看？"

"大人要看自无问题。"木村土佐守正色道，"但是，恕我斗胆……"

"又怎么了？"

"此事是大御所大人暗中操办，二位大人要看手书，先征得将军大人同意似乎较好……"

"唔……"

土井利胜不说话了。

"若有将军大人首肯，无论明日后日，在下皆会带着手书登门。"

不久，木村土佐守便离开了土井利胜的府邸。

聪明如土井，只得撂下一句"静候发落"了事。

翌日午后，土井利胜的使者上村权右卫门来到真田府邸，告知土井征得了将军秀忠的同意，命木村土佐守明日将家康手书带到土井府邸。

木村土佐守欣然从命。日前，他向土井和酒井讲明了交出德川家康手书的条件，此时见到使者前来，便明白将军接受了他的条件。

当然，使者上村权右卫门对此一无所知。

# 第叁话

彦四郎父子两人的努力，就这样被家康的一纸密函击毁……

翌日，木村土佐守和但马守矢泽赖康率五名随从来到土井利胜的府邸。

木村土佐守坚称真田家的重要文件皆由矢泽赖康管理，若要带来家康手书，自然需要矢泽但马守的陪同。

土井利胜有些怀疑，问道："矢泽但马守没回上田？"

木村土佐守的答复是，他确实接任了真田家的江户家老，但是……

"我对江户不大熟悉，只好求但马守再留些时日。"

当日出席者不光有土井利胜和酒井忠世，更有大御所家康生前近臣——熟知家康笔迹的旗本——安藤监物。

一如上回，书院的隔壁房间明显有人。

木村土佐守毕恭毕敬呈上手书，说道："请大人过目。"

"唔……"

土井登时尴尬了。

那确实是大御所家康的字迹！

元和元年三月一日，大坂冬之阵宣告结束。家康派家臣——故去的长坂理右卫门景行——将手书交给了江户的真田府邸。

当时，伊豆守真田信之正在江户等候家康的指令。家康又将一尺四寸余的关兼房小刀赐给信之。

密函内容简短。

"几日前跟左卫门佐之会，颇有劳烦。"家康先慰劳了一番，又称，"逗留江户，等候指示。"

土井利胜将家康密函递给酒井忠世，死死瞪着木村土佐守。木村土佐守和矢泽赖康均是面无表情。

酒井忠世汗如雨下，细细瞧着密函。

"唉……"

酒井忍不住微微一叹。他同样瞧出那确是家康手迹，却抱着一线希望将密函递给安藤监物，吩咐他好生瞧瞧。

安藤监物年逾七旬，精神却颇矍铄。

安藤监物见酒井忠世命他好生瞧瞧，便毕恭毕敬接了密函，说道："失礼。"

他只瞥了一眼，立刻说道："这确实是大御所大人真迹。"

土井利胜和酒井忠世只得喟然长叹。

安藤监物将家康密函交给了木村土佐守，土佐守又将之交给矢泽赖康。

而后，木村土佐守望着土井利胜，问道："如此一来，本家主人之嫌想来足以洗清？"

"唔……"

土井和酒井愁眉不展。

实不相瞒，马场彦四郎正在隔壁房间待命。实际上，木村土佐守上次来时，彦四郎就跟慈海和尚一同等候在土井府邸。

彦四郎极为紧张。他正是真田兄弟去京都小野阿通府邸密会的证人。

当时，马场彦四郎、铃木右近和另三名家臣陪信之去了小野阿通府。

阿通早就知道马场氏从父辈开始就是关东派到真田家的奸细。

然而，土井和酒井哪里想得到大御所德川家康竟会留下密函，充当他安排密会的铁证。他们满拟有了马场彦四郎这个证人之后，就会顺利灭掉真田家。

彦四郎父子两人的努力，就这样被家康的一纸密函击毁……

关东幕府彻底栽了。

（想不到大御所大人竟如此照顾真田……）

土井和酒井自幼侍奉现任将军秀忠，得知家康竟如此眷顾真田信之，一时不免愕然。他们本打算关键时刻让马场彦四郎突然现身，当着木村、矢泽两人的面，证实跟小野阿通府邸有关的一切事情。

慈海和尚表面平静，暗中无疑五味杂陈。

矢泽赖康和木村土佐守回到真田府邸，不免闭门感慨一番。

"土佐守大人呀，咱们总算熬过了这道坎儿。"

"真是可喜可贺。"

"嗯，可喜可贺。"

"若无这大御所手书密函，恐怕……"

"确实……"

　　信之故意放跑了马场彦四郎，自然料到会有今日，故而早早派人带来家康密函。他又派密使去了京都，让铃木右近明白情势紧急。右近立刻去了小野阿通的府邸，求阿通出面证实当日之事。

　　阿通答道："此事确是大御所大人一手安排，妾身手中亦有信函证据。妾身愿随时帮伊豆守大人作证！"

　　简直是如虎添翼。

　　如此这般，信之做好万全准备，静候将军和幕府的后续行动。

　　"回头想想，真是太可怕了……"矢泽赖康叹道，"将军到底是忘不了关原之战……"

　　"是啊……"木村土佐守点头道，"日后切莫放松警惕。"

　　两人皆如此暗暗自警。

　　翌日，江户尾张德川家府邸的中村清太夫求见矢泽但马守。如前所述，但马守赖康和中村清太夫是生平至交。大坂一役之后，樋口角兵卫投靠尾张德川家一事，正是中村清太夫告知矢泽赖康的。

　　"哎呀，什么风把您吹来了！"

　　赖康将中村迎进长屋，命人备酒备菜，好生招待。

　　"别忙活了！"

　　"真是好久不见……"

　　"是啊。"中村清太夫寒暄一番，正容说道，"不瞒您说，此次登门实有要事相告……"

　　"哎？"

　　"其实呢，尾张德川家都暗暗把事情解决了。总之，我刚刚接到消息……"

　　"唔……"

“希望但马守大人保密。”

“这个自然。”

“那个樋口角兵卫……”

不等中村清太夫说完，矢泽赖康便凑近问道：“又闯祸了？”

矢泽赖康深知樋口角兵卫的秉性。

“一点不错。”

“该不会给尾张德川家添乱了吧？”

“不，不，您言重了。实不相瞒，角兵卫不再是我尾张德川家的家臣了。”

# 第肆话



　　尾张德川家的家臣中村清太夫称，樋口角兵卫跟三名同僚口角，施以暴行，结果逃出了尾张名古屋城，就此下落不明。

　　但马守矢泽赖康一脸紧张，问道："此话当真？"

　　"在下身在江户，无从亲见，只是如此听说。但是，角兵卫行踪不明一事的确属实。"

　　"唔……"

　　"此事尚望大人保密。"

　　"好。清太夫大人，难得您瞧得起我！感激不尽！"

　　"区区小事，何足挂齿。"

　　"敢问大人……"

　　"嗯？"

　　"樋口角兵卫没伤人吧？"

　　"这就不知道了。我只听说他跟同僚在名古屋城内吵了起来，吵着吵着，他便推开三人，扬长而去……"

"然后呢？"

"这……等我回了名古屋再帮您打听打听吧。"

"话说回来，清太夫大人，尾张德川家对樋口角兵卫可有责罚？"

"似乎没有。"

"没有？"

"不错。"

"当真？"

矢泽赖康不禁再三确认。

大名家臣跟同僚口角，继而暴力相向，甚至擅自叛逃，照理说早该定罪了。尾张德川家理当派人追捕角兵卫，狠狠惩办，哪知其态度竟是置之不理。

但马守赖康深知樋口角兵卫是何等人物。身在尾张德川家时，樋口角兵卫怕是惹了不少麻烦。正因如此，尾张德川家才会借机放他走人。倘若派十几二十人追杀，角兵卫一旦负隅顽抗，追兵便有死伤。

话说回来，尾张德川家跟德川将军家是一门，何以竟会收角兵卫呢？

矢泽但马守和木村土佐守一直百思不得其解。何况，大坂一役，樋口角兵卫曾随真田幸村杀向德川军。中村清太夫告辞之后，矢泽赖康唤来木村土佐守，讲了适才之事。

语毕，赖康问道："您对此有何看法？"

"这……"

木村土佐守说到一半，突然不语。

"怎么了？"

"但马大人，您说角兵卫一事跟此番之事有无干系？"

"我正是担忧此事……"

德川幕府欲利用大坂一役时真田信之的暗中行动，让潜伏真田家的奸细马场彦四郎出面招供，把真田家逼上绝路，继而斩草除根。

这真是司马昭之心，路人皆知。

若大御所家康没有留下密函的话，真田家无疑百口莫辩。

若信之不慎把密函弄丢，便是口说无凭。

（日后，关东幕府许会倒打一耙。）

信之果然思虑周全，料到了未来一幕，将家康密函妥善保管。

莫非家康亦有此意，才会特地将密函赐予信之？无奈家康已死，无从知晓。

"不知幕府日后又会使出何等花招……"

"确实……"

信之从草者阿江口中得知马场彦四郎的身份之后，立刻部署了各项工作。他一面加强上田和江户之间的联系，一面让小川治郎右卫门把上田保管的家康密函带到江户府邸，交给了矢泽但马守。而京都的铃木右近则去寻求小野阿通的协助。

将军秀忠和德川幕府哪里料得到真田家早就做好了万全准备。

阿江返回上田复命时，伊豆守信之说道："阿江，你有何要求尽管开口。我定会尽力满足。"

阿江笑道："阿江别无所求。"

"人岂会无欲无求？但说无妨！"

"这……我确实别无所求。"

"唔……"

“真的。”

“唉，但我倒是有一事相求。”

“伊豆守大人……有事求我？”

“是啊。”

阿江的双眸熠熠生辉，面红耳赤。

“您说。”

“阿江，你肯不肯留下来帮我？”

“大人有何吩咐？”

“我以前不大关注真田草者……”

“那倒确实……”

阿江略带揶揄。时至今日，她才真正读懂伊豆守信之其人。

信之不比德川家康那般深谋远虑，亦无弟弟幸村那种战略天才。

大御所家康竟会留下亲笔密函充当真田兄弟京都密会的证物，此事实让阿江讶异。

德川家康那种老狐狸，竟会对真田信之深信不疑……

而且，信之确实没有辜负家康。关原之战以来，信之一直对家康忠心耿耿，天地可鉴。他正是因此才对草者不闻不问。真田信之对暗中活动的忍者全无兴趣。如此态度，家康看得分明，只因这种态度是他人学不来的。

对各地大名而言，关原和大坂两战充满了困惑和苦恼。他们苦恼的缘由，自然是大坂和关东谁会笑到最后。一些大名和武将犹如墙头之草，关键时刻本性毕露，被天下人不齿。

唯有信之坚信德川家康会缔造太平盛世，片刻不曾动摇。

# 第伍话



伊豆守真田信之和德川幕府的对决，以信之的压倒性胜利告终。

将军秀忠和幕府本以为有马场彦四郎作证，真田家当无招架之力。

但是，信之和矢泽、木村二位家老没有就此放松警惕，他们都觉得幕府不会善罢甘休。天知道将军和幕府会想出什么新法子来。

而且，正是这危险时刻，樋口角兵卫竟擅自离开了尾张德川家，更令人背脊发凉。需知，尾张德川家的当主正是将军秀忠之弟。

将军秀忠和真田家之间，不会再像大御所家康生前那般太平。

秀忠以将军之姿统领天下，自是才华杰出，无奈他两度被真田家弄出笑柄。失败的痛苦，秀忠毕生难忘，对真田家的怀疑更是根深蒂固。

"就算这次熬过去了，以后的日子也绝对不会好过……"

伊豆守信之对阿江如此感叹。

由这次对决不难看出，大名确实要提防幕府。若非有万全准备，此次势将百口莫辩。

准备，不是"战备"——只是要提防将军和幕府向自家下手罢了。

真田家，兴许犹有马场彦四郎这般奸细潜伏。

信之求阿江重回真田家，倒不是想让她继续从事草者活动。真要说出个缘由，许是……

（我要好生向阿江学习学习。）

真田信之对德川家康深信不疑，对家臣更是用人不疑，疑人不用。一旦开始用怀疑的眼光看待事物，便会没完没了。然而，今时不同往日。不光要迎来太平盛世，更得保住家门不灭。

"阿江留下的话，不会给大人添乱？"

"阿江，这是我开口相求，我求之不得啊！"

"这……"

"往后恐是困难重重。"

"但是，阿江年老力衰，怕是帮不上大人的忙……"

"只要帮我出谋划策就行了。好不好？"

"承蒙大人不弃……但是……"

"你不肯？"

"容我想想吧……"

"好吧。"

此后，幕府一直没再生事。

是年年末，阿江来到江户。

真田信之对笹井丹之助一事全不知情。

住吉庆春将阿江引进屋里，说道："笹井丹之助一事都传遍了，将军跟幕府好不慌乱……"

"那是最好。"

“笹井府邸的家仆嘛，走的走，散的散，人去楼空喽。”

“丹之助的幼子呢？”

“下落不明。”

“唔……”

“笹井丹之助一事加上真田家一事，足以让将军和幕府背脊发凉。阿江，幕府没责罚真田家吧？”

“这个真没有。”

“不错，有大御所亲笔密函这般铁证……”

“是啊。”

“有趣……近来这日子，真是太有趣了。”

“多谢叔父鼎力相助。”

“客气了，老夫还得谢你呢。那个九泉下的笹井丹之助，想来亦会欣慰。”

“这就不好说了……”

“好说！好说！定是如此。”

“对了，叔父，”阿江凑近了些，说道，“阿江有一事相求。”

“哎？何事？定是趣事！但说无妨。只要是老夫这把老骨头能帮上忙的，尽管开口！”

“叔父打算如何度此余生？”

“这……这该从何说起啊……”

“莫不是打算一直住在江户？”

“这可说不好。俗话说世事难料……”

“叔父您可真自在。”

“你是夸老夫呢，还是可怜老夫呀？”

阿江忍俊不禁，忙正容道："叔父可愿意跟阿江同住？"

"哎呀，你这是要给老夫送终？"

"谁先走还说不定呢。"

"瞧你说的。"

"咱们叔侄二人相依为命吧，如何？"

"好得很啊，许能再干些惊天动地的大事。"

"一点不错。叔父，实不相瞒，伊豆守大人问阿江……"

"问啥？"

"想不想回真田家安度余生。叔父，跟阿江同去上田吧，如何？"

"好！"

第六章　遗物

# 第壹话



是年深秋，真田家的小川治郎右卫门突然被罚蛰居。而且，真田信之取消了他的俸禄，将他流放上田城郊的山间小村——蛇泽。

治郎右卫门的家眷刚刚自沼田搬来上田，才分得府邸便又要离去。他们的"新居"是太郎山山脚下三间的稻草房。

小川治郎右卫门究竟犯了何罪？其余家臣和小姓皆不知晓。大家只知道蛰居之命下达前一日，信之召见了治郎右卫门。

治郎右卫门进了书院，信之竟一反常态对他大吼，被隔壁房间候命的家臣听了个一清二楚。

"大胆贼子！"

"绝不原谅！"

信之的怒吼让旁听者大惊失色。小川治郎右卫门深得信之信赖，谁都没料到这一出。

蛰居之命由老臣但马守矢泽赖康替信之宣布。矢泽赖康刚刚从江户回到上田。

改造蛇泽民居时，小川治郎右卫门及其家眷被软禁府邸之内，不得外出。真田家甚至派了士兵看守。说是改造，实是翻新，十日后便大功告成。治郎右卫门带着家人搬了去。

树倒猢狲散，其家仆被别的家臣和上田城接收了去。

茅草屋中。小川治郎右卫门带着妻子伊佐和八岁的长子龟之助凄惨度日。虽然无人看守，但上头特意命他们不准离开茅草屋方圆一町。

听闻蛰居一事，妻子伊佐自然大是惊愕。

"您犯了何事啊？"

无论妻子如何追问，治郎右卫门坚持不肯解释，只是答道："你很快就会知道了。"

跟治郎右卫门交好的重臣们都甚焦急，吩咐前来询问矢泽赖康。

"敢问大人，治郎右卫门到底有何罪状？"

矢泽赖康悉数答道："恕难奉告。"

"但马守大人，此事并无先例……"

"不错。无奈主公有命，不许在下多言……"

"这……在下听闻平素温良的主公竟对治郎右卫门破口大骂……"

"不错。"

"莫非……他犯了滔天大罪？"

"不错。"

久而久之……

"放跑马场彦四郎的……莫非就是小川治郎右卫门？"

"啊……怪不得呢！"

流言纷纷。

众人皆知马场、小川皆是伊豆守信之家臣，又是棋友。然而，小川治郎右卫门搬去蛇泽民居之后倒不消沉，一直平静生活。他不用执行公务，自是闲得无所事事，所以便拜托每三日来小屋查看一次的看守带来些木材和工具，亲手制作棋盘。他的手确实挺巧。

伊佐亦不再追问。如此聪明之人，早就看出此事大有玄机……

最高兴的当数八岁的龟之助。父亲治郎右卫门天天陪他玩，他能不高兴嘛。一开始见新居如此破烂，龟之助有些坐立不安，现下却整天黏着父亲。

治郎右卫门亦是兴高采烈地陪儿子玩耍。

伊佐几次劝道："您可别老惯着他……"

"无妨，无妨。"

治郎右卫门不当回事，只是反复逗儿子玩儿。


阿江和住吉庆春来到上田城的城下町，安顿了下来。

说是城下町，确非闹市，而是相对偏远之地。

他们住的地方，以前是刀鞘师太田菊平次的家。周围挨着几户刀匠、弓匠，唯独没有商家，算是闹中取静。

太田菊平次没有徒弟，生意均由他一手操持，偶尔让老伴帮忙。去年秋天他因病过世，而今年春天老伴也随他去了。阿江和住吉庆春就此住进了他家。

庆春以"山崎芳园"自称，职业自然又是画师。添个名字，难免会乱，所以我们以后继续用"住吉庆春"来称呼他。

阿江假扮成了庆春的侄女。

“哎呀呀，真没想到这把老骨头会葬到信浓上田。”

“叔父，莫非您想回甲贺？”

“不，那倒不是。老夫高兴着呢。有阿江你给老夫送终……”

“哈哈哈，没准我反而要劳烦叔父……”

“哦？老夫可不觉得。阿江，你简直不像浮世中人，兴许会再活个一两百年呢。”

“叔父您就别说笑了。那不成妖怪啦？”

“一点儿不错！”

“您又乱讲！”

“啊，抱歉，抱歉……”

两人怡然生活。奇怪的是——

住吉庆春偶尔半夜醒来，竟不见阿江的踪影。阿江直到黎明时分才回。庆春对此不闻不问，反倒是阿江主动坦白。

“叔父，我昨夜去见伊豆守大人了。”

“嗬，大人近来可好？”

“一切安好，直说想见叔父一面呢。”

“老夫这把老骨头，见不见都一样。”

“说是想麻烦叔父画幅画，挂到屋里……”

“伊豆守大人要让老夫作画？”

“不错。”

“这可如何是好……”

“您愁什么呀？”

“老夫该画什么啊……”

听闻城下来了位画师，商家、武家纷纷请庆春作画。

庆春乐得悠闲作画，而且将酬金提得老高。如此一来，便能减少去各家各户作画的机会。

"此人画功了得，可惜要价太高……"

口碑渐渐传开。

"不必忙忙碌碌，还能小酌两口，不错，不错。"

"看来您来上田真是来对了。"

"嗯，老夫是不是欠你个人情啊？"

"那是自然。"

"唉，长此以往，老夫就成你的小跟班喽……"

"呵呵……"

"对了，马场彦四郎一事，可有下文？"

"这事啊……难为他在真田家潜伏那么多年，费尽心机，不料努力化为泡影，恩赏怕是没戏了。"

"嗯……然后呢？"

"他大概会变成第二个片山梅春吧。"

# 第贰话

元和三年就此落下帷幕。

向井佐平次和茂枝之女阿春要嫁人了。阿春的丈夫名唤金子虎太郎，其父金子新助是信之手下的一个足轻，帮信之照料战马。

大坂冬之阵爆发前，虎太郎之父金子新助脱离沼田，跑去了大坂城。他的情况跟向井佐平次如出一辙。事实上，除了他们二人，另有一批家臣离开信之，奔赴大坂。这些人早就打算追随幸村，只待东西开战。

金子新助的独生子虎太郎出生之后，妻子因病死去。

（就让虎太郎替我陪伴大人吧……）

新助苦苦培养儿子，将照料信之战马的诀窍和要点倾囊相授。

当时脱离沼田真田家的家臣，皆曾追随真田昌幸和幸村父子。

金子新助以长枪足轻之姿追随幸村出阵，就此下落不明，怕是夏之阵的决战中阵亡了。

茂枝对此一清二楚，欣然接受了这门亲事。她本就想将女儿阿春嫁给身份不高的年轻人。

"婚事讲究门当户对，尚望大人成全。"

信之觉得金子虎太郎会好好照顾茂枝母女，便同意了茂枝之求。

茂枝又道："近来瞧着虎太郎时，总会想到佐平次呢。"

这倒不是说他们长得像，而是那两人平时皆是沉默寡言，却又暗藏深情。

阿春亦有同感。

真田信之给二人做了媒。城主给足轻做媒，那当真是破天荒。矢泽赖康得知之后，不觉暗暗捏了把汗。

信之却道："无妨，就当是悼念向井佐平次吧。佐平次追随幸村，鞠躬尽瘁，辛苦了一辈子，咱们哪能不给他女儿寻个好归宿呀。"

金子虎太郎正是信之亲自帮阿春挑的。

虎太郎和阿春举行婚礼的地点，是三丸的久野府邸。

是年夏天，久野自沼田搬来了上田。大坂一役之后，她的儿子樋口角兵卫投靠了尾张德川家，此事她尚不知情。矢泽赖康本想将此事相告，让久野知道儿子活着，却被信之阻止。

"一切顺其自然吧，就别特意告诉她了。"

因之，久野更不会知道樋口角兵卫又脱离了尾张德川家。

矢泽赖康一回上田，便将此事告诉了信之。

信之登时烦道："又来了……"

"真令人一头雾水……"

"角兵卫疯了……这都是父亲和我的错……"

"不知他又去了哪里……"

"不好说。但是，他总会来上田的。别看他那副模样，其实挺挂念他母亲的。"

江户的小松殿身子不爽，上田的久野倒是气色极佳。久野虽已年过花甲，却有一头乌发，身子也发福了。

听闻阿春要嫁人，江户的小松殿特地送来贺礼，得一匹马才能扛得动，可见礼品绝不止一件两件。

"本想亲自回上田主持婚事，无奈近来身子欠佳……"

小松殿给茂枝的信中如此解释。茂枝自是感激涕零。

阿春结婚那天，久野替小松殿出面跟外甥信之主持了婚事。

马厩附近有个两间大的小屋，那便是金子虎太郎住的地方，自然亦是两人的新房。矢泽赖康不待信之吩咐，早早就派人将小屋翻新了。

嫁出女儿之后，茂枝没有搬出信之居馆内的房间，继续帮信之缝补衣裳，指挥侍女忙这忙那。阿春和金子虎太郎安居城内，时常探望母亲，帮她干点儿活。

而信之则一直忙着政务。

元和三年就此落下帷幕。

# 第叁话



元和四年（1618 年），伊豆守真田信之五十三岁了。

去年秋天，信之几番收到铃木右近忠重的信。右近常年留守京都伏见的真田府邸，忍不住想要回上田看看。

"天下大定，我离开京都当无大碍。我长年离开主公，但求回归上田，追随主公身畔……"

他又将此意告知江户的木村土佐守和矢泽赖康，求二位老臣到信之面前美言几句。铃木右近当时四十五岁。自关原一役前留守伏见的真田府邸以来，他一待便是二十年。

上州是右近的出生地，他有"思乡之情"自是合情合理。

伊豆守信之深知右近之意。

（确实……关原之战以来，他一个人去上方吃了多少苦……是该让他回来享受舒坦日子了……）

信之明明明白这些事情，却一直不肯点头。他不是不想让右近回来，而是无法割舍。

到了这时，真田家留守役无疑形同虚设。天下大权全由德川幕府掌控，永远不会再有兵祸，各地大名都忙着重拾战乱期间疏忽的封地政事。

铃木右近要是回了上田，信之自然会让他担当重任。

（要不然就让他回来？）

信之犹豫着。

（但是……真想让他再待些时日。）

（理由呢？）

（这……）

（说啊？）

（有一事……难以作罢……）

（莫非是阿通之事？）

（是啊……足以帮我联系阿通之人，只有右近……）

（都这样了，你就是不罢手？）

（唉……）

（阿通那般才女，哪里会跑来信浓这山村野地？她不适合这里。这一点，你明明是最清楚的！）

（我知道，但是……）

（罢手吧，蠢货，想想你的年龄！五十好几的人了，却爱上一个比你年长的女子，成何体统！）

（话是不错……）

（醒醒吧，真田信之！）

信之重复着没完没了的自问自答。他就是想将小野阿通接来上田，跟她共度余生。这番想法唯有铃木右近知晓。

右近一旦回了上田，信之便无法再联络京都的小野阿通。

京都伏见的府邸不是没有可信的家臣，无奈足以当这"中间人"的只有一个铃木右近。别的家臣一旦知情，信之便会威信扫地。

眼下正是众志成城进行战后重建的关键时刻，若听闻五十几岁的当主恋上一位老女，真田家众人无疑会瞠目结舌。

况且，江户府邸的小松殿自去年的年底就开始抱病卧床。

"开春了当会恢复健康，届时请允许妾身回沼田一趟……"

小松殿虽如此来信，病情实不容乐观。

"关键时刻，我竟如此……"

如此境况之下，犹自舍不得批准右近回来！想到这些，信之不觉窝火。

小野阿通到底如何看待信之呢？她自然不会不知信之的思慕之情。信之曾再三邀她来信浓地区看看。阿通这般才女，哪会不懂信之没说出口的意思？

"阿通大人深知主公之意。"

铃木右近曾如此说道。去年马场彦四郎叛逃后，阿通一度对右近担保，如有需要，她会亲赴江户给信之当证人，可见其决意之坚定，更可见阿通确实对信之有些好感。

之后，将军秀忠和幕府再没有借故刁难真田家。幸好有德川家康的密函，真田家才熬出这番危机。

铃木右近将此事告知了小野阿通。

"阿通大人非常欣喜。"

右近如此禀明信之。信之再度致信阿通，而且奉上了谢礼，无奈阿通又未答复。这不免让信之焦躁异常。

矢泽赖康不知此中因由，特意到信之面前帮铃木右近说话。

"他都这样反复恳求您了，不如就让他回上田吧？"

"唔……"

"莫非有何不妥？"

"唔……"

"请主公明示。"

"这……"信之犹豫不决，讷讷道，"但马守啊。"

"您说。"

"咱们该去纪州九度山给父亲扫扫墓了。将军会应允吧。"

"主公，万万使不得！"

"不行？"

"您忘了去年……"

矢泽赖康瞧着信之，一脸难以置信的神情。想不到平素思虑周全的信之竟会如此鲁莽，甚至觉得幕府不会再介意他去九度山和高野山。

若是去纪州，一来一往皆要路经京都，那就顺便去探望小野阿通……

只要促膝长谈，兴许有望说服阿通来信浓做客。

# 第肆话



信浓上田春意渐浓，正是樱花绽放的时节。

某日午后，一位三十许间的旅人来到了上田城三丸的大门前方。

旅人向门卫问道："请问城内有无一位名唤田中三藏的足轻？"

"确有此人。"

"若在城内，想麻烦他出城一见。"

"你是？"

"我是摄津百姓，名唤德之助。实不相瞒，我先去了趟沼田城，这才知道田中三藏来了上田……"

"不错，他的确在这里，您稍等片刻。"

长枪足轻田中三藏是年五十二岁。他将家眷留在沼田，独自来到上田城内。

三藏被年轻同僚唤到三丸城门。

"就是他。"

"哦……"

三藏不认得这位访客。

"我便是田中三藏，听闻你是自摄津远道而来？"

"不错。"

"不知您有何要事？"

"有一事相告……"

"告诉我？"

"能否借一步说话？"

"哎？"三藏闻言不觉一惊，"莫非是机密之事？"

"不错。"

"这可如何是好……"

"那就这里吧，容我跟您耳语几句……"

只听百姓德之助如此说道。反正有两个门卫从旁看着，而且三藏确实觉得来者不像坏人，便将脑袋凑近了他。

德之助将嘴巴贴近三藏的耳朵，轻轻说道："您认识向井佐平次吧？"

田中三藏脸色一变。向井佐平次和田中三藏年纪相仿，在沼田时正是好友。佐平次不喜跟人交往，却对三藏敞开心扉，可见他俩真是志趣相投。事实上，两家人确实亲如一家。三藏单身来上田之后，佐平次之妻茂枝受三藏之妻所托，几次帮忙照顾他的生活。

素未谋面的百姓竟报出佐平次的大名，三藏如何不惊？

"莫非你认识佐平次……"

"不，不认识。"

"咦？"

"我只是见过向井佐助。"

"唔……"

田中三藏没见过向井佐助，却知道佐助正是佐平次之子。

"是……这样啊……好，你随我来。"

田中三藏将德之助迎进三丸曲轮之内，朝两名门卫点了点头，将他带进了足轻长屋，关好房门。

而后，三藏立刻问道："向井父子活着？"

"我不知他父亲的下落，听佐助说，他父亲只会阵亡……"

"那……难道佐助活着？"

"不，他一样死了。"

"啊……"

"我看着他死去的。"

"是……唉……"

"佐助临死前说真田伊豆守大人手下有位田中三藏大人，是他父亲佐平次的生平至交，待得天下太平了，希望我去见他……"

"这……这……"

田中三藏一时无言。

"我是摄津高木村的百姓，大坂夏之阵开打后，爹娘妻子都去投靠了纪州的亲戚，我怕房子没了，就硬留了下来。"

决战之日，德之助亲眼目睹德川大军杀向大坂城，吓得慌忙逃窜。五月七日的决战结束后，德之助趁着夜色，战战兢兢回家察看。万幸，高木村完好无损。

"只见向井佐助倒在小的家中……"

"什……什么……此话当真？"

"千真万确。他浑身是血……"

"唔……"

“伤痕累累，根本没救了……”

田中三藏回想当日之事，不觉浑身颤抖。摄津地区的百姓都很同情大坂的丰臣家，德之助亦然。见佐助受了伤，德之助自然想救他一命。

“您就别忙活了……”

濒死的佐助笑道。

“我煎了副草药给他，他便有了些精神……”

“原来如此……”

向井佐助将贴身金银悉数交给了德之助，又道：“我是用不上了……唯有一事望您相助……当然……我不会勉强您……”

“敢问何事？”

“希望您将我的遗物交给家母……万分感谢……”

# 第伍话



向井佐助留给德之助的遗物只有一柄无名短刀和一束遗发。他临终时，手中没有刀枪。

德之助解释道："战况激烈，佐助身负重伤，刀枪都断了……"

"竟然伤得如此之重！"

"是啊，简直让人不忍看他的样子。"

"唔……"

田中三藏不禁悲从中来。

"左……左耳都被人砍了去……"

"佐助的左耳？"

"是啊……浑身是伤，随便哪个伤口都汩汩冒血……"

"这……这……"田中三藏面如菜色，"战况如此激烈……"

向井佐助喝下汤药，清醒了片刻，不久又开始剧烈喘息。

"希望……希望将我身上的小袖和衣物……交……交给家母……谢谢您了……"

他好容易才挤出这句话来。

"之后，他便在小的怀中咽了气……表情甚为安详，仿佛睡着了一般。"

"是……仿佛睡着了一般……唔……唔……"

三藏连连点头，伸手抹泪。

田中三藏没见过向井佐助，这时却不禁联想到好友佐平次之死。

"这便是他的遗物。"

德之助打开包袱，将佐助的遗发、短刀、小袖和贴身衣物递给三藏。灰色小袖上用白线缝着向井佐平次家的家纹——圈加两横，贴身衣物是麻布料的。那正是佐平次逃离沼田时，茂枝托他带给儿子佐助之物。小袖乃筒袖，一般是平时穿的，茂枝特地花了些心思让儿子能穿着它上战场。向井佐助果然把足轻武装套到这小袖上面，奔赴最后决战。

德之助自称曾将那两身衣裳洗了一遍，三藏接来一看，上面兀自血迹斑斑。

"唔……唔……"

田中三藏捧着衣裳，无语凝噎，唯有双手伏地，叩谢德之助。

"多谢你送佐助走完最后一程……感激不尽！"

"大人言重了！小的已将佐助葬在高木村的墓地。"

"还劳你厚葬……真是感激不尽！感激不尽！"

"那就麻烦大人将他的遗物交给他母亲吧。"

德之助说完，便欲离去。

"啊，且慢！"田中三藏忙抓住他的手臂，"再坐会儿吧？"

"谢大人一片好意。但是，我要去投宿……"

"你就住这儿吧！"

"这……这确实挺好，但是……"

"我这就把衣裳给佐助的母亲拿去！"

"他母亲就住城郊？"

"不，住城内。"

"那敢情好……"

"我去去便回，你先稍候片刻。对，不如好好歇息一下吧。"

"好，好。"

田中三藏捧着遗物，冲向本丸居馆的大台所口，唤来茂枝。

茂枝走到门口，笑道："哎呀，这不是三藏嘛。"

"你随我出来下，我有事……"

"有事呀？"

"别问了，快点……"

茂枝走了出来，随三藏走到树荫下面。

"你看……"

他将手中的遗发、衣裳和短刀递给茂枝。茂枝登时一惊，热血直冲脑门。

树丛中满是树木的嫩芽和泥土的芬芳，隐隐约约有着莺啼。

茂枝默然不语，脸色渐渐煞白。她呆呆站着，死死盯着手中的遗物。

事后，田中三藏对茂枝的女婿金子虎太郎讲道："茂枝当时那表情真是吓死人了，不知该如何形容……"

"一位摄津百姓大老远将这些遗物送了来，眼下正在我的长屋等候，你一会儿可得来一趟啊！切记！切记！"

　　语毕，三藏便回了足轻长屋。他命人给德之助沐浴更衣，又拿出好酒好菜招待。片刻之后，茂枝果然来到了田中三藏的长屋。

　　茂枝恢复了平静。

　　三藏将德之助介绍给茂枝，说道：“这位便是摄津来的德之助。”

　　茂枝立刻跪倒，顿首叩谢道：“向井佐助之母茂枝见过大人。犬子多有劳烦，望大人恕罪。大人为区区小事远道而来，民女感激不尽……”

　　她拜了又谢，谢了又拜。

　　“啊……啊……小的受不起啊……”德之助大惊，忙冲上前抓住茂枝的双手，惶然说道，“是小的来晚了……”

# 第陆话



翌日一早，茂枝经由信之的侧室千贺夫人求见信之。

"她主动要见我？真是罕见。"

"是啊。"

"总要有个缘故吧？"

"臣妾一无所知，但是，总觉得茂枝有些异样……"

"哈哈哈……"

"您能否见她一面？"

"好，召她来吧。"

"是。"

不久，茂枝来到了信之的居所。信之一眼看出她哭肿了双眼。

（茂枝哭了？）

信之暗暗纳罕，吩咐道："茂枝，凑近些回话。"

"是……"

"再近些，再近些。"

"好。"

"是不是出事了？"

"主公，恕奴婢大胆，望您过目……"

茂枝将崭新白布包着的向井佐助遗物呈给信之，唯独少了遗发。

信之一时惊呆，盯着遗物看了片刻，才开口问道："这……莫非是向井佐平次之物？"

"不，这是佐助的遗物。"

"啊……"

"昨天有位摄津百姓大老远送了过来……"

听茂枝道出一切，信之不禁叹道："竟有此事……那德之助呢？"

"昨夜请他在城中田中三藏大人的长屋住了一宿。"

"没走吧？"

"没有。"

"可得留住了！"

"奴婢自知此事本不该如此……"

"罢了，罢了。"

茂枝伏地行礼，说道："谢大人开恩！"

"千万要留住德之助，这事我自有安排。"

"是。"

"佐助的遗物，可否借我片刻？"

"这……如此肮脏的衣裳，岂能……"

"要的就是这衣裳。"

"啊？"

"茂枝，你瞧瞧这血痕……"

茂枝沉默不语，再次低下头来。

"幸村和佐平次……想来亦是……"

信之的感慨冲口而出，说到一半便不忍再说。

茂枝告退之后，信之唤来老臣矢泽赖康，让他瞧了瞧向井佐助的遗物。平头百姓德之助的仗义之举，同样让矢泽赖康感慨万千。

顺便一提——当时百姓的地位仅比武士略低，大名对百姓极为重视。从名主宫下藤兵卫状告马场彦四郎一事，便足以看出真田信之对待百姓的态度。

"但马守，我想让茂枝母女带德之助去别所温泉好生休养一番。"

"如此甚好！"

"再命金子虎太郎陪他去江户府邸，从江户派人将他送回摄津。"

"主公这安排甚妥。"

"好，那就这样办了。"

午后，茂枝带着女婿金子虎太郎一同来到田中三藏的长屋。

德之助有些惶恐，说道："给诸位添了麻烦，真是不好意思，我想明日一早便回摄津……"

茂枝忙道："先别说这些了，能否麻烦您出来一下？"

"有事？"

"总之，您先随我出来吧。"

"好。"

德之助一出门，金子虎太郎便说道："您跟我来。"

"去哪儿啊？"

"去了便知……"

他们沿内濠旁的小路而行，穿过三扇木门。德之助隐隐觉得这是要去上田城的中央地带。茂枝没有跟来。

"咱们这是要去哪里啊……"

"这就到了。"虎太郎将他引至本丸的月见楼，"咱们上楼。"

"这……我能上去？"

"您随我来。"

德之助只得忐忑上楼。爬到顶层一看，伊豆守真田信之竟然等了许久。这时，虎太郎对德之助轻语道："这位便是我家主公。"

德之助大惊，慌忙跪下。

只听信之开口说道："德之助，这次真是辛苦你了。"

德之助六神无主，唯有伏地行礼。

"我想亲自向你致谢。"

"小……小人不敢当……"

"你难得来到信浓，就好好瞧瞧信浓的美景吧。"

德之助简直不敢相信耳朵。

（这不是做梦吧……）

真田信之以城主之尊，竟如此跟一位百姓交谈，德之助真有受宠若惊之感。回到摄津高木村后，他四处炫耀，可惜街坊无人当真。

"别吹牛了……""这孩子胡说呢。"

就算是他父母都不敢相信。他的妻子甚至笑道："您就别逗我了。"

德之助只好来到向井佐助长眠的自家墓地，对九泉之下的佐助喃喃说道："佐助啊……谁都不信我……老婆都不信我……话说回来，真田伊豆守大人真是一位顶天立地的男子汉……那天的事，真让我毕生难忘……"

第七章 告白

# 第壹话



这一年快要结束时的一个午后，一名旅人打扮的武士来到三丸久野府邸的后门。三丸遍布真田家重臣的府邸，所以三丸追手口的木门设有哨岗。然而，没人看见那名武士进去。他是顺着千曲川悬崖爬上来的。那日冷得要命，狂风大作，又飘着雪花。时非乱世，卫兵哪舍得顶着风雪站岗？

该武士似乎早就知道久野府邸的地址。

久野是真田信之生母山手殿的亲妹妹，是信之的姨母，现下有了"三丸夫人"这一别称。她是年六十六岁，天生体魄强健，罕有生病。

昔日真田昌幸筑上田城时，便给这位妻妹设了府邸。府邸的位置一直没变。关原一役之后，上田城由关东幕府接管，久野府邸一直无人管理，破烂不堪。信之回到上田，命人着手翻新久野府邸，将久野从沼田接来了上田。去年秋天，足轻金子虎太郎和阿春举行婚礼的地方正是久野府邸。久野替江户的小松殿出面和外甥信之给两位新人主婚。

"总算略略报答了伊豆守大人的恩情……"

久野甚是欣慰，曾对侍女如此感叹。她绝口不提儿子樋口角兵卫，只是每天早晨进佛堂诵经念佛的时间越来越长。兴许她是觉得角兵卫早就死了。

搬来上田之后，久野精神甚好，无奈年事已高，几度对信之谈到近来食欲不振。然而，她的身子反倒不断发福。姐姐山手殿生来苗条，久野则是自幼丰满，兼且身材矮小，很容易看出变胖。她的举手投足甚至都变迟钝了。

信之觉得她这样胖下去恐怕不是好事，唤来久野的贴身老女问了问，得知久野确实食量大减。

老女形容道："几乎是三四年前的一半……"

吃得少了，身子反而胖了。当时的医学水平尚不足以查明久野之症。况且，久野精神健旺，又不是抱病卧床。

话说回来……

那武士见后门紧锁，不觉微微一噎，闪身躲到路边，自草帽下窥视四周。

他背着个行囊，六尺有余的身高让行囊显得极小。他的腰间插着大小刀具，看上去非常干练。

此人不是别人，正是那樋口角兵卫。

矢泽赖康本想将角兵卫投靠尾张德川家一事告诉久野，却被信之阻拦。

久野府邸的土墙和小路间隔着深深的竹林。樋口角兵卫察觉小路对面有个家仆跑来，立刻躲进竹林。家仆没有看见角兵卫，直接从他面前跑去。

角兵卫从竹林出来，横穿宽逾三间的小路，双手抓住冠瓦，顺势一翻，巨大的身躯便进了围墙内侧。

雪越下越大。府邸内静悄悄的。

樋口角兵卫置身后院，四下里空无一人，不禁环视四周。他曾来这府邸陪久野生活过一段时间，自然知道府邸的内部结构。

久野当时正在佛堂诵经，忽听得走廊上一阵足音，本以为是家仆、侍女，然而竖耳一听，顿觉异样。

（咦？）

久野回头一看，只见通向隔壁房间的纸门被开了条缝。

（怪了……）

若是下人，开门前该当通报才是。久野起身拉开纸门一看……

"啊……"她不觉低呼道，"角……角兵卫！"

樋口角兵卫摘下了草帽，正端坐房间一隅。

他直视着久野，说道："母亲，孩儿回来了。"

久野握着佛珠的手不住颤抖。儿子的脸庞又青又肿，身上的味道更犹如野兽。

"你……你活着……"

久野几近呻吟。

角兵卫微微一笑，问道："母亲，难道您一直觉得孩儿死了？"

"你……你去哪儿了？"

"这……"

角兵卫含糊其辞，低下头来。

"你从大门进来的？"

"不，孩儿是翻墙而来。"

"天哪……"

久野不觉瘫坐下来，凝视着年近五十的亲生儿子。

（这……这真是我的儿子？）

角兵卫的容貌和态度，比上次见面时更异样了。

"你……你之前去哪里了？"

角兵卫不答。

"幕府攻打大坂时，听说你随着左卫门佐大人出征……"

"不错。"

大坂冬之阵中，真田丸和樋口角兵卫的奋战皆被沼田真田部队得知，久野自有所耳闻。

"你为何又回到上田？"

"孩儿想跟母亲同住……"

"你就不怕主公……"

"不怕。我和伊豆守是同父异母……"

突然，久野肥大的身躯一晃。

"唔……"

只见她捂住胸口，向前倒下。

# 第贰话



两刻（四小时）后，但马守矢泽赖康求见真田信之。

信之自这位老臣口中得知姨母久野病倒的消息。赖康又说了樋口角兵卫突然回来之事。信之沉默不语，只是立刻派医师去久野府邸救治。

久野的病情渐渐稳定，喝下汤药便睡着了，看样子像是心脏病发作。然而，她没有病史。

雪停了。书院灯影中，信之深陷沉默。一旁的矢泽赖康亦然。

须臾，信之说道："知道角兵卫回来的人……"

"纸里包不住火，三丸夫人府中的下人都知道了……"赖康凑近了些，问道，"主公，这该如何是好？"

"这……"

听说樋口角兵卫守着久野的病榻，巨体一动不动，只是死死凝视母亲。

"但马守……"

"您说。"

"尾张德川家和角兵卫之事……"

"唔……"

"劳你向角兵卫问个明白。"

"遵命。"

"角兵卫怕是不会实说……"

"不，我会问清楚的。"

"是啊……"

樋口角兵卫投靠了德川将军家的亲族——尾张德川家，不但大闹一番，而且擅自离去。照理说，尾张德川家本该兴师问罪，派人将他追回才是。更何况现任将军秀忠素来厌恶真田家，若听说角兵卫跑回了真田家，天知道将军和幕府会如何降罪。

矢泽赖康立刻去了三丸的久野府邸，唤来久野侍臣中嶋泷之介和老女奈加，叮嘱二人千万别说出樋口角兵卫回来一事。然而，瞒得了一时，瞒不了一世。总得尽快安排好角兵卫才是。

两人正要退下，赖康又喊住中嶋，说道："让角兵卫来一趟。"

"是。"中嶋领命欲去，却忍不住问道，"大人……真没事吧？"

角兵卫滴水不沾，守着母亲的病榻，呆坐了好几个时辰。

"有没有办法让他回避一下啊……"

医师对中嶋耳语道，他不知道角兵卫的来历。

老女加奈去另一间房准备了晚膳，劝角兵卫去吃一些。无奈角兵卫只说了一句"不吃"便再不言语，头都没回。

但是，角兵卫不敢无视真田家老臣矢泽但马守的命令，只得慢慢吞吞来到矢泽赖康面前。

角兵卫对赖康正儿八经行了一礼，问候道："好久不见。"

矢泽赖康回了一礼，直切主题。

"听说你去尾张德川家谋了份差事。"

角兵卫猛一抬头，瞥了赖康一眼。

"你来上田之前，跟主家告假了没有？"

角兵卫默然不语，只是翻着白眼，窥视赖康的脸色。

"说话啊。"

"您从哪儿听说我去了尾张？"

角兵卫反问道。

"如此说来，你果然拿了尾张德川家的俸禄。"

"有何不可？"

"这倒无妨……"

"那大人就别管闲事。"

樋口角兵卫撂下这句，便要离去。

只听矢泽赖康说道："且慢。"

"您又有何话说？"

赖康喝道："少安毋躁，坐下说话。"

矢泽赖康知道樋口角兵卫是真田昌幸和久野之子。

昌幸生前曾对赖康的亡父赖纲解释道："都怪我年轻糊涂……"

赖纲临死前又将此事告诉了儿子赖康。

矢泽赖康自然不敢泄露天机。但是，昌幸早就将角兵卫的来历告诉了真田信之和幸村兄弟。这时四下无人，赖康唯有用另一种态度对待角兵卫。

角兵卫恨恨坐下。

“角兵卫，听说你曾随左卫门佐大人英勇出阵……”

角兵卫默然。

“可有此事？”

“是又如何？”

“此话当真？”

角兵卫不堪追问，点了点头。

“果然……”

“果然？”

“这就怪了……”

“哪里怪了？”

“大坂夏之阵时，左卫门佐大人以大坂丰臣家战将的身份阵亡。此事你可知晓？”

# 第叁话



矢泽赖康一针见血。樋口角兵卫唯有再度沉默。

左卫门佐真田幸村战死的消息，天下谁人不知？矢泽赖康简直是明知故问。

——当时，你有没有随幸村大人出阵杀敌，抵挡关东部队？

赖康只是没有明着这样说出来罢了。角兵卫正是明白了赖康之意，所以才不言语。

片刻之后，赖康又道："角兵卫，如此看来，你其实没有追随左卫门佐大人出阵……"

角兵卫不敢说话。

"怪了。那好，你到底去了哪里？"

角兵卫保持沉默，只是翻着白眼，死死盯着赖康。赖康亦瞪着角兵卫。

"你明明是大坂丰臣家的战将，何以竟当了尾张德川家之家臣！"

角兵卫目光一挪，不再跟赖康对望。

“回答。”

角兵卫不语。

“角兵卫，莫非你早就跟关东有联系了？”

赖康一针见血，樋口角兵卫吓得脸色惨白。

“怪不得……怪不得啊……”

角兵卫默然。

矢泽赖康凝视着角兵卫，说道：“但是，不管你有何内情，擅自脱离尾张德川家都是重罪。”

角兵卫沉默了。

“关键时刻，只怕会命你切腹谢罪。”

闻言，樋口角兵卫突然瞥了赖康一眼，朗然说道：“要切腹，随时奉陪。我回来只是想见见母亲。见着了她，我死而无憾。”

角兵卫的嗓音甚至有些沉痛。看来，此人虽是狂人，却早就不堪疲劳重负。

瞎了的右眼更令人生怜。

矢泽赖康微微一惊。他本以为角兵卫会大吵大闹。如此看来，赖康的推测基本属实。樋口角兵卫确实是假装投靠真田幸村，暗中向关东报信。牵线搭桥的无疑就是那个马场彦四郎。

矢泽赖康再次唤来久野侍臣中嶋泷之介和老女奈加，当着樋口角兵卫的面，肃然说道：“带角兵卫下去吧。”

角兵卫老老实实照办。

望着角兵卫离去之后，矢泽赖康回到上田城向信之复命。

“主公，咱们该如何安置角兵卫呢？”

“阿角真说他愿意切腹？”

“不错。”

“先观望一阵子吧。倘若真没招了，再让他切腹。”

“是……”

“细细想来，阿角其实是个可怜人……”

赖康微微一叹，没有说话。

“姨母一时冲动，说破了他的身世，反而害了他……”

“对了，主公可听得尾张德川家有何动静？”

“倒是平静得很。”

“那便好……”

“德川家哪里会拿一个角兵卫当回事。”

“主公这话不错……”

幕府本想一举灭了真田家，不料却被德川家康的一纸密信砸毁了如意算盘，所以近期不大会再对真田家下手。虽然真田家不会就此放松警惕，信之却觉得角兵卫一事不会给真田家惹来麻烦。

他派了几名可靠之人监视久野府邸，以防角兵卫突然狂暴。他真怕角兵卫受了赖康一番质询，会突然就……

哪知角兵卫竟是老实得让人称奇，反而更让人毛骨悚然。

# 第肆话



翌日，樋口角兵卫闭门不出，不言不语。傍晚时，侍女送来晚膳，角兵卫这才开口道："让中嶋泷之介来一下。"

中嶋一脸紧张，来到房中，只见角兵卫将手中筷子一放……

"母亲情况如何？"

"正歇着呢。"

"医师有何说法？"

"现阶段需要静养。"

"这样啊……"

角兵卫闭上独眼，开始沉思。见角兵卫如此消沉，中嶋泷之介不禁有了些恻隐之意。然而，他到底惧怕着角兵卫。

见角兵卫迟迟不开口，中嶋忍不住道："那我先告辞了……"

"且慢。"

"哎？"

见角兵卫的独眼里满是血丝，中嶋登时慌了。

“我想去看看母亲。”

“这……”

“难道不行？”

“医师说她需要静养……”

“我不会待太久，只是想见一面。”角兵卫道，“麻烦你带路。”

他死死瞪着中嶋。若是惹怒了角兵卫，只怕难免有一番纷乱。

中嶋无奈，只得说道：“那……好吧，希望您快去快回。”

“知道了。”

中嶋泷之介带樋口角兵卫来到久野的病房。久野面色惨白，仰面躺着，沉沉熟睡。角兵卫坐到母亲枕旁，独眼里涌出热泪。

中嶋、老女奈加和医师皆未料到这一幕。医师朝中嶋泷之介使了使眼色，示意中嶋快点让角兵卫离开。

中嶋会意，说道：“角兵卫大人……”

他才说到一半，角兵卫便主动出了房间。

三人如释重负。翌日傍晚，角兵卫再次来到久野病房。他们见前一日的角兵卫非常听话，这次便让他多待了会儿。

久野沉睡不醒。白天倒是醒过一回，喝了些汤药，但绝口不提角兵卫。

医师告诉老女道：“估计不碍事了，会好转的。”

府邸内的情况，自有人陆续禀知上田城内的信之。

就这样……

久野直到她突然倒下的第四日午后才告苏醒。

她醒来之后，微微唤道：“泷之介……”

“在，小的在！”

"凑近些……"

"是……"中嶋凑近病榻，"夫人有何吩咐？"

"角兵卫还在吗？"

"在，在另一间屋子里。"

"嗯……"

久野微微点头，仰面凝视着天花板，沉默不语。

中嶋问道："夫人要见角兵卫大人？"

"罢了……"

说完，久野闭上双眼，睡了一刻。

天黑前，她再度睁开眼睛，说道："中嶋……泷之介……"

一旁的老女奈加忙道："奴婢这就去喊他！"

"不，不用了……"

"夫人有何吩咐？"

"带角兵卫来。"

"带……角兵卫大人？"

"快……"

"明白！"

奈加刚出门，中嶋泷之介便来了。他从奈加口中听到了久野的吩咐。

"泷之介……来……"

"是！"

"奈加……去唤角兵卫了。"

"是。"

"劳你支开旁人……"

“遵命。”

“你和奈加……都回避……”

“啊？”中嶋一怔，又是惊讶，又是不安，“这……妥不妥啊？”

“无妨。我有事要单独跟角兵卫说……”

“那好……”

中嶋听着角兵卫和奈加的足音渐近，对久野道：“那我就去门口候着，夫人要是有事，随时吩咐。”

他出了房间，拉住奈加的袖子，让樋口角兵卫独自进去。

久野支开旁人，自是要跟儿子密谈。中嶋唯恐她病情突变，忙派人将回家歇息的医师喊来，又吩咐信之派来的四名士兵守住病房附近。中嶋本人则来到面朝病房的走廊坐下，竖耳倾听病房里的动静。

鸦雀无声。须臾，久野开始说话，将嗓门压得极低，中嶋听不清她说的内容。

“再凑近些……”久野让角兵卫坐到枕边，郑重问道，“你以后有何打算？”

她那样子，跟昔日的山手殿如出一辙。久野是真田昌幸之妻山手殿的胞妹，比她小四岁，今年六十有六。

“角兵卫，你倒是说话啊。”

“母……母亲……”

“你以后有何打算？”

“就……就不能让孩儿守着您？”角兵卫如懵懂少年般眼泪汪汪，浑身颤抖，“这都不行？”

“留不留的，全看主公一念之间。我寄人篱下，自然难以做主。这点道理，想来你不会不懂……”

久野说到一半，仰望着角兵卫，眼中泪花闪闪。这一日万里无云，很是暖和。久野脸上稍稍有了些血色。

"你毕竟是快五十岁的人了，不该再乱跑了……"

"母亲……"

"把泪水擦干净。"

母亲说道。角兵卫伸手擦了擦左眼。

"你要是想跟我一同投靠真田家，就要先征得主公的同意，这你总明白吧？"

"孩儿明白……"

"上次你回到沼田时，主公曾给你五十石的俸禄，你可记得？"

角兵卫默然。

"我问你记不记得！"

"记得……"

"好，记得便好。"

当年，信之告诉樋口角兵卫，若角兵卫肯重新做人，便先当一个五十石俸禄的小卒开始，看看表现再说。角兵卫甚是不满，却唯有无奈接受，跟信之碰了酒杯。结果，久野听闻此事，怒火中烧，失口说出角兵卫实是昌幸骨肉之语。

脱离沼田前，角兵卫本有三百五十石的俸禄。

（竟然硬生生降到了五十石！）

久野只是一介女流，激动之下，登时失去理智……

# 第伍话



"我真是悔不当初……"久野颤抖着道，"若我不那样说……你当时大概就会平平安安留下……"

"千错万错，都是孩儿的错……"

"我一直不懂得主公的用意，真是糊涂啊！"

"母亲，说这些又有何用，您别累着了，孩儿这就告退。"

"不。"

"哎？"

久野凝视着角兵卫，双眸愈发闪亮。

"角兵卫，听我说……"

"母亲？"

"我怕是活不久了……"

"母亲何出此言！医师都说您的病情见好……"

"不，我的身子……我最清楚。此番怕是扛不住喽……"

久野控制着情绪，缓缓说道。

樋口角兵卫见她有精神说这许久，不禁觉得她确实见好。

此时，中嶋泷之介敲了敲门，禀道："夫人，医师嘱咐……"

角兵卫再不离开，恐会影响久野休养。

"知道了。"

角兵卫闻言便欲离去，久野却摇了摇头。

"不必了。"她止住角兵卫，喝道，"我母子二人谈完之前，任何人都不许进来。你快快退下！"

中嶋只得说个"是"字，满怀忧虑退开。

"角兵卫……"

"母亲，孩儿明日再来。您就好好歇息吧……"

"不，这事情这就得说了……角兵卫……拿水来……"

角兵卫喂久野喝了些水。

久野歇了片刻，喃喃叹道："唉……我真是罪孽深重……"

樋口角兵卫如坠雾中。他从不曾听母亲如此感叹。

"听着，若你真想回到真田家，就听清我接下来说的事情……"

角兵卫点了点头，不料却被久野说的事情彻底惊呆。

"其实……你不是大老爷之子……"

莫非角兵卫其实是武田家家臣樋口鉴久的亲生儿子？

"母……母亲？"

"角兵卫……冷静听我说……冷静……"

"唔……"

"我要说的，实是生平奇耻大辱，你要安安静静听我说完……"

久野剧烈喘息一阵，这才说道，"听着，角兵卫……我撒了个弥天大谎……你不是大老爷之子……是我骗了你……骗了大老爷……"

樋口角兵卫怒目圆睁，独眼几欲裂开，抓住衣裳的双手不住颤抖。

"我确实跟大老爷有染……但我之前曾跟武田家的家臣小畑龟之助暗中……唉，那个小畑龟之助才是……才是你父亲……"

角兵卫犹如五雷轰顶。

"龟之助和我暗中幽会时……大老爷刚好跟我……"

久野话音刚落，便抬头望着角兵卫，莞尔一笑。角兵卫不敢正视母亲那令人毛骨悚然的笑容。

"当年……我太轻浮……"角兵卫低下头来，"我察觉怀了龟之助的骨肉，便告诉大老爷说孩子是他的……若是无名家臣之子，你日后如何见人……幸好有这谎言，大老爷、左卫门佐大人和伊豆守大人皆对你照顾有加……切记……切记啊……"


故事又要回到织田信长派大军围困武田家高远城那时。

高远城失守之际，长枪足轻向井佐平次被壶谷右五郎和阿江救出，投靠了信浓地区的真田家。

织田信长和德川家康的联军直扑武田家的本城——新府城。面对敌方大军，武田家再无招架之力。武田胜赖决意去岩殿城避难，一把火烧了新府城。横渡笛吹川之际，他身畔只剩一百五十余人，其中就有久野之夫樋口鉴久和角兵卫的生父——小畑龟之助。武田胜赖一行奔向天目山时，织田军的泷川一益乘胜追来。这位一益正是泷川三九郎的祖父。武田胜赖自知无路脱身，唯有切腹自杀，结束了三十七岁的短暂人生。当时，胜赖之妻和随行的家臣、侍女悉数殉死，其中就包括樋口鉴久和小畑龟之助；而久野则先行带角兵卫随真田昌幸撤离甲斐地区，来到了上州的岩柜城，总算留得性命。

“角兵卫……”

久野伸出右手，抓住角兵卫的左手。那冰凉的手竟使出让人畏惧的狠劲。

“听着……我方才说的……千万别让别人知道……千万别忘了真田家的大恩大德……你真该以死相报……明白没有……”

角兵卫突然丢开母亲的手，咬着牙道：“母亲……孩儿恨您！”

久野闭上眼睛，叹道：“可怜的孩儿……”

不久，她的脸上便没了生机。久野印堂发黑，满脸冷汗。

“你母亲虽是一介女流，这辈子却没白活……只叹……最可怜的……是你啊……”

这便是久野留给角兵卫的最后一句话……

她就那样仰卧着，闭上了双眼。樋口角兵卫跌跌撞撞冲出久野病房。见状，医师、中嶋泷之介和老女慌忙进屋察看。医师搭了搭脉，一脸愁容。中嶋打了个眼色，询问情况如何。医师默默摇头。

中嶋不禁喃喃道：“都怪这不孝子拖拖拉拉……”

哪知久野竟闭着眼睛说道：“别怪他……”

翌日凌晨，久野安详辞世。

医师足足守了她一宿，半夜里突然察觉她的脸庞剧烈抽搐。

“不好！”

医师立刻抢救，无奈回天乏术。抽搐平息之际，久野没了呼吸。

# 第陆话



后来，樋口角兵卫一直守着久野府邸，闭门不出。信之得知姨母死去，微服来到府邸。只见角兵卫来到玄关，伏地相迎。

"角兵卫……"

"是，"角兵卫低头道，"求大人开恩，准我留下。"

"你总算见着母亲最后一面……"

"是。"

信之没有明确答复角兵卫，而是让矢泽赖康再次去江户约见尾张德川家的家臣——中村清太夫。他们要先搞清楚尾张德川家到底如何看待角兵卫离去一事。

中村清太夫称，尾张德川家根本就没拿角兵卫当回事。不仅没派追兵，甚至都不再提了。矢泽赖康如释重负，把此事交给真田家江户家老木村土佐守来解决。

中村欣赏矢泽赖康的人品，自然对真田信之抱有善意，主动说道："大人就别再介意啦。"

上田的樋口角兵卫老实得很，成天独坐佛堂对着久野的牌位出神，对亡母的下人更是彬彬有礼。看来，角兵卫确实有反省之意。矢泽赖康回到上田，中嶋泷之介不禁对他感叹道："角兵卫大人真是变了……"

唯有一次例外。

他不知从哪里听说真田家老臣小山田茂诚患了眼疾，突然以探病名义去了小山田府邸。壹岐守小山田茂诚之妻正是真田兄弟的姐姐，他当然"知道"角兵卫跟妻子是异母姐弟。别说茂诚，就算矢泽赖康、木村土佐守甚至真田信之都不知道久野死前说的那个惊天秘密。他们坚信角兵卫是真田昌幸和久野的孩子。久野死后，信之让角兵卫去久野府邸住下。

小山田茂诚得知角兵卫前来探病，一时不免惊慌，却又无法避而不见，只得将角兵卫迎进屋里，问道："你这次来探望我，主公是否知情？"

没想到，角兵卫确实提前征得了信之的许可。

角兵卫问道："大人病况如何？"

小山田茂诚双眼视力渐失，甚至都看不清角兵卫的脸。听见角兵卫讲话彬彬有礼，他不禁暗自感叹。

（哎呀，这孩子真是大有变化……要是肯这样太太平平下去，真是天大的喜事……）

"唉，我这眼睛呀……"茂诚答道，"一天比一天不好使喽，尤其是这右眼，几乎看不见了。"

"我听医师说，只要吃活人眼珠就会痊愈？"

"你连这都听说了？"

“不错。”

“唉，那是医师的玩笑话。就算吃了眼珠，只怕都好不了……”

当时的医疗水平根本不足以进行手术。

哪知樋口角兵卫突然凑近了些，说道：“壹岐守大人……”

隔壁房间有三名家臣守候，关注着角兵卫的一举一动，以防他又闹事。幸好有这三人监视……

角兵卫道：“大人，不妨一试……”

“试？试什么？”

“眼珠子啊……”

“哈哈哈……瞧你说的，哪有眼珠子给我试啊。”

只见樋口角兵卫单膝一跪，说道：“要是我这只眼珠有用……”

他竟然伸手抽出了腰间短刀！

# 第柒话



小山田茂诚曾命三名家臣去隔壁待命，这才保住樋口角兵卫仅剩的左眼。

角兵卫一提"眼珠"二字，三名家臣皆是大惊。

（不好……）

三人提高警惕，相互使了眼色，悄悄逼近角兵卫。见他拔刀，说时迟那时快，三人同时扑向了他。

事后，小山田茂诚感叹道："三个人哪里够啊……角兵卫这般壮汉，五人十人都不是对手……"

三名家臣唯恐茂诚出事，哪想到角兵卫竟是要用短刀挖他本人的左眼。

"放开我！"

角兵卫大吼着推开左侧之人，却没再继续抵抗，右手的短刀被另一家臣打落。浑身怪力的樋口角兵卫竟如此轻易就范？樋口角兵卫九岁时曾在古府中（甲府）城郊的野道上撞见一匹发狂野马，徒手打翻了马儿前腿，将马儿压倒在地，长大后更是腕力惊人。这些事，读者自然知晓。哪知小山田的一介家臣竟徒手打落了他手中短刀。如此想来，樋口角兵卫硕大的身躯里实是伏有病魔。

（他果然疯了……）

得知小山田府邸那一幕，真田信之不觉暗暗皱眉，幸好角兵卫事后又恢复了闭门思过的老实状态，过起太平日子。信之观望一年，给了他一百五十石俸禄，让他搬去和俸禄相应的府邸。

"谢大人开恩。"

角兵卫很是谦卑。一年后，真田信之劝角兵卫娶一房妻室，角兵卫欣然从命。我们不知道他那妻子是何方奇女子，只知道她给角兵卫生了一个男孩，名唤角太郎。

小山田府邸一事七年后，角兵卫病故了。一代奇人，就此偃旗息鼓。亡母久野若是泉下有知，当会由衷欢喜儿子的晚年。娶妻生子后的角兵卫渐露笑颜，久野临终前揭破的身世之谜彻底改变了他。

樋口角兵卫晚年心宽体胖，过世两年前连马都上不去了。他的面色淤青浮肿，连喘气都难，却不理妻子劝说，死活不肯请大夫看病。

"不碍事，不碍事。"

结果，角兵卫的心脏病突然发作。一个冬日的午后，妻子听见角兵卫居室传来异样呻吟，赶去一看，只见他竟倒地不起，没了呼吸。

再说角兵卫死去的数年之前……

草者阿江和住吉庆春来到上田城郊，住了下来。

"叔父，阿江去去便回。"

阿江常会撂下这句话，拿着小行囊悄然离去。十天半个月，甚至一两个月都不回来。

"不常活动活动，身子都不好使喽。"

实际上，阿江是去了江户，继而回上田向信之汇报各种情况。

某日，阿江对住吉庆春道："叔父，马场彦四郎离开江户了。"

"哦？看来，他没立大功嘛。"

"没当上旗本。估计是被派去别的大名家刺探情报了。"

"嗯……"

"否则，便是跟那梅春……不，跟那笹井丹之助一样被灭口了。"

"唔……许是如此……"

住吉庆春自打给信之画了挂轴，几番被信之召到上田城内见面。

"阿江啊，你说大人会如何看待老夫？"

"这……"

"不会真觉得老夫是你叔父吧？"

"主公贤明过人，这哪骗得了他……"

"那……"

"主公没问过您？"

"没有啊。"

"那……他肯定是早就看明白了……"

"哈哈……真没想到，有朝一日会跟阿江一同死在真田家城下。"

"叔父，您这话说早喽。"

"嗯？"

"世事难料。"

"这话固然不错，但是老夫的未来倒不难预测。"

"您打定主意了？"

"打定了，打定了。"

"那敢情好……"

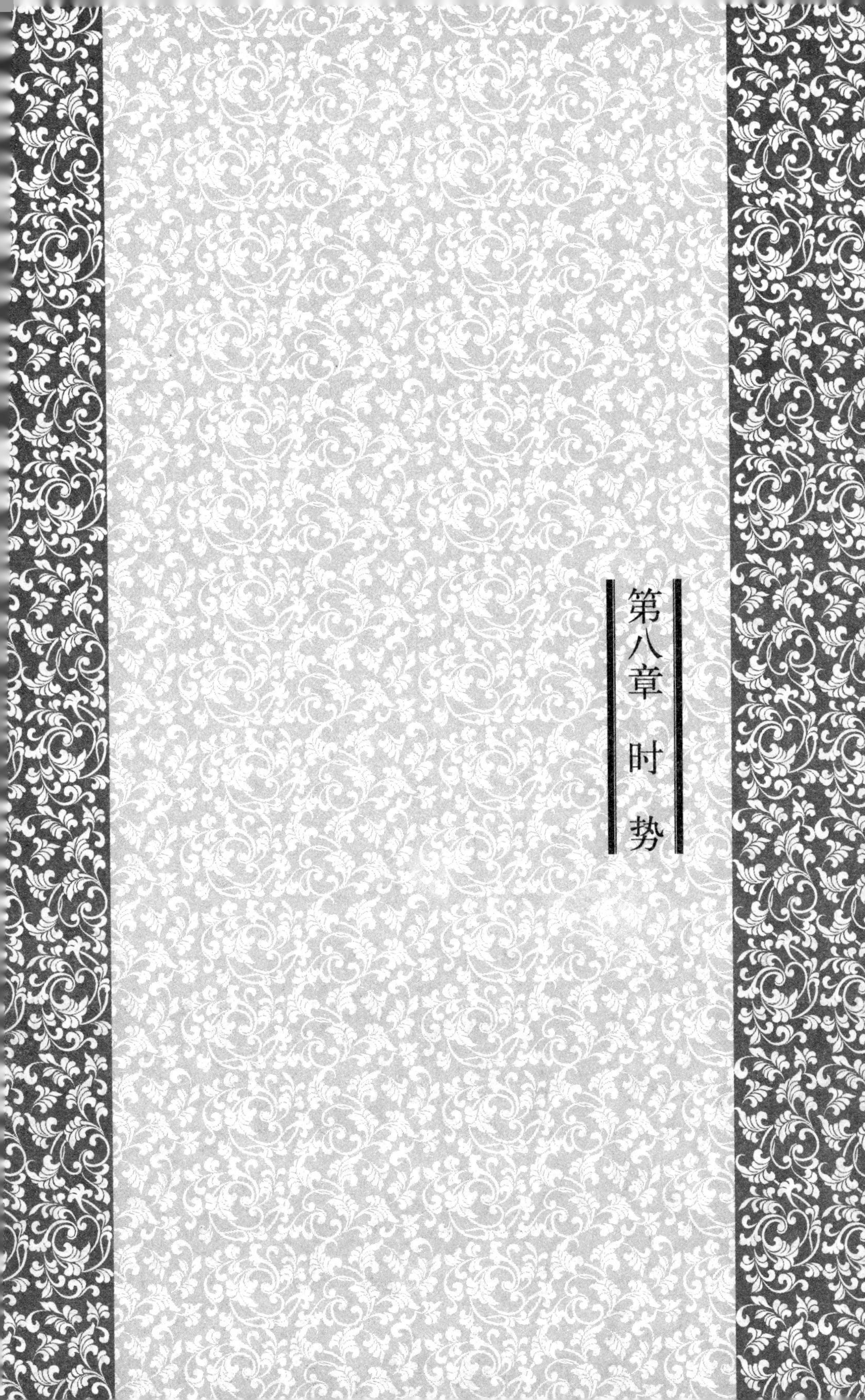

第八章　时势

# 第壹话



随着元和五年到来，伊豆守真田信之迎来了人生的第五十四年。

江户府邸的小松殿身子好多了。得知前年之事，她留在江户之意更坚。

小松殿是德川家重臣本多忠胜之女。忠胜生前，家康对他甚是敬重。而且，小松殿是以家康养女的身份出嫁，将军秀忠和德川幕府自然对她礼让三分。

自打前年出丑之后，幕府对真田家更留意了。

信之总想着有空就去江户看看，无奈一直难以成行。

上田是亡父真田昌幸的故地，是信之年轻时生活的地方。关原一役结束后，上田由德川家管理了二十余年，以致信之此时要重新整备、治理城下町。信之因此废寝忘食，忙得不可开交。

小松殿深知丈夫之苦，故而想"替夫君"留在江户，审时度势。

不光是真田家，各地大名都不敢放松警惕。家康死后，将军秀忠开始重用亲信，以种种行动稳固德川家的政权。以德川家的角度来看，当务之急自然是警告那些和丰臣家大有渊源的大名。这正是他们前年对真田家施压的缘由之一。

是年开春，一场突如其来的变故让大名的紧张更甚。

一位跟加藤清正同受丰臣家恩顾的大名失势了。此人不是别人，正是——福岛左卫门太夫正则。

关原一役，福岛正则担任东军先锋，大显神威，以战功受封安芸国广岛地区的四十九万八千石。安芸广岛长年由毛利家管辖。福岛正则治理时自然下了一番功夫。他缩小了城下町武家府邸的规模，以拓展町人的居住区，设置商业地区笼络民心。福岛正则曾目睹旧主丰臣秀吉治世，堪称经验丰富，果然取得空前成功。

大坂战争落幕之后，天下彻底太平。幕府攻打大坂时，正则被软禁在江户府邸，备受煎熬。幸好封地的政事渐渐走上轨道，令正则松了口气。德川家康临死前，让正则回到了阔别数年的广岛城，哪知等着他的竟是一场席卷广岛的大洪水。

广岛城的三丸亦未幸免。

（不好生翻新三丸，一旦洪水泛滥该如何是好？）

正则早有此意，此番见洪水果然来袭，更是决意好好将之重建。他派使者去见幕府老中本多正纯，希望幕府批准此事。本多正纯没有肯定，亦没有否定，迟迟不明确答复。正则忍无可忍，只得亲自去了江户，细细描述广岛地区的情况，希望正纯帮忙向将军解释。

见正则如此积极，正纯微笑道："原来如此……弄三丸未尝不可……"

这"未尝不可"只是正纯个人的意见，实非将军秀忠批准。无奈福岛正则人善心善，见权倾朝野的本多正纯如此说，便认定可以动工了。

这份天真，要了他的老命。

正则回到广岛，立刻着手翻新居城。元和五年的正月一过，幕府便派了人来，要求三月时跟正则碰面。结果正则一开春便又去了江户。

他一到江户府邸，将军使者便质问道："未向幕府申报，擅自筑城，该当何罪！"

正则觉得去年得到了本多正纯首肯，自然申辩一番。然而，这位使者是将军秀忠的使者。执掌天下的将军一口咬定从未听闻其事，福岛正则无疑百口莫辩。

本多正纯装聋作哑。

正则悔不当初。

（糟了……我竟然如此大意……）

一切都晚了。正则中了幕府的计。

本多正纯的原话是"弄三丸未尝不可"……这个"未尝不可"跟"可"是不一样的。

这个"未尝不可"只是正纯个人的意见罢了。

正则派人去本多家求证，哪知正纯竟称他没说过这话。

"不，您确实亲口说了！"

空口无凭，半个字都没留下，无可奈何。

福岛正则细细回想德川家在关原之战后对待自己的态度，登时扼腕叹息。

（我真蠢啊……）

"信任"本是一种美德，可如今这世道却让美德生生成了恶德。

# 第贰话

随着松本定纲、松平忠明、水野胜成等人纷纷转封，幕府新体制逐渐成形。

幕府老中本多正纯朗然说道："左卫门太夫大人，你凭什么说我说过这话？我真是半点印象都没有啊……莫要血口喷人，平添烦扰！"

福岛正则向两名使者问道："我竟然给本多大人添了烦扰？"

他语调平淡，眼神却极犀利。两名使者不敢跟他对视，勉强答道："不错……"

老中是幕府内部的最高职务，给老中添了烦扰，便是给幕府添了烦扰。

"那好，麻烦二位回禀老中，福岛正则会切腹向幕府谢罪。"

堂堂幕府，哪里敢用这点小事让福岛正则切腹？幕府立刻下令，称正则这些年一片忠诚，这次便不加责罚，只是需将广岛城新建的部分悉数拆除。福岛正则一口答应，派使者赶回广岛。事已至此，唯有打碎牙齿和血吞。要拆除耗费人力物力完成的修缮工程，又得花上一大笔金银。

广岛的福岛家家臣不禁哀叹。

　　"早知如此，攻打大坂时去支持大坂就好了，真不如奋身一搏，随丰臣家玉石俱焚……"

　　福岛正则没回封地，而是再度留在了江户。得知这又是幕府之命，人人皆胆战心惊。广岛方面由此对幕府十分不满，况且……

　　好容易才翻新完，若是拆了，不又要水漫金山？

　　结果，他们只拆了一半，觉得毕竟是拆了一些，足以交差。他们把"全部拆除"的假消息报给了正则。正则又这样禀报了幕府。

　　一段时间之后，幕府突然怒道："广岛城的工程根本没有全部拆除。欺上瞒下，拒命不遵，成何体统！不可饶恕！"

　　幕府不光命福岛正则闭门思过，而且让他静候发落。事态不会就此平息。幕府宣布收回福岛家的四十九万八千二百石封地，另给予信浓国川中岛四郡中的高井郡和越后国的鱼沼郡，共计四万五千石。

　　就是说，四十五万石凭空没了。

　　幕府又调动铁炮队，将福岛家江户府邸围了个水泄不通。正则成了幕府的阶下囚。关原之际、大坂之时，福岛正则皆被德川幕府摆布，此番又中计失去一切。正则是战阵上的豪杰，无奈生性善良，被幕府抓住了把柄。不仅如此，福岛家亦无"才智出众"的元老重臣。若封地的重臣谨遵幕命，将工程拆得干干净净，许会避免一场悲剧。总之，幕府确实弄得福岛家再无东山之望。

　　福岛正则带着不到五十名家臣，从江户府邸去了信浓高井。幕府竟派出一队士兵监视正则一行。正则虽然善良，亦难忍如此屈辱。

　　"关原之时，若取下大御所首级……"

　　他话音未落，无语凝噎。他无疑是后悔当初稀里糊涂支持东军之举。要是当年跟德川家做些交易就好了，无奈现下一切都晚了……

幕府命广岛的福岛家家臣将城交出，众家臣拒不遵命。

"倘无左卫门太夫大人的亲笔书状，誓不离城！"

家老福岛丹波甚至打算据守广岛城跟幕府一搏。福岛正则刚一抵达信浓高井郡，幕府便指示他将亲笔书状送至广岛，又知会中国地方和西国各地大名，宣称旧福岛家臣有谋反之嫌，宜做好出阵准备。福岛正则无法反抗幕府，黯然将带着"开城"字样的书状加急送了回去。

就让一切都结束吧。

福岛家众人见到正则的亲笔书状，只得打开城门，离开了广岛城。

后来，幕府以给浅野长晟"加增五万石"之由，将备后国八郡和整个安芸国（共计四十二万石）给了长晟，命他从纪州搬去广岛。

福岛正则的嫡子备后守正胜跟着正则去了荒芜的高井郡。翌年秋天，正胜病逝，年仅二十二岁。宽永元年，高井郡的正则结束了六十四年的人生。

高井郡的高井野村尚存有正则当时的居馆，上面布满青苔。该居馆东西七十间，南北八十间，附有土垒、空壕。然而，对昔日堂堂五十万石的风云儿来说，这长眠地点委实太过寒酸。

自太阁秀吉出兵朝鲜的三十余年间，朝鲜之战、关原之战、大坂之战相继打响，各地大名焦头烂额，对幕府的监视和淘汰全无招架之力。

是年，各地大名纷纷奉命调换封地。纪州浅野家接替福岛家管理广岛城，而纪州则被封给家康十子德川赖宣，足有五十五万五千石。随着松本定纲、松平忠明、水野胜成等人纷纷转封，幕府新体制逐渐成形。

# 第叁话



真田信之总觉得幕府不会善罢甘休。

马场彦四郎一事虽然告一段落，可如今的幕府已无大御所家康坐镇。

接班将军秀忠对父亲家康百依百顺，看似老老实实继承了父亲的伟业，实则不然。

（待天下由我做主时……）

他无疑暗藏抱负。

随父亲正信侍奉德川家康的幕府老中本多正纯看似权倾朝野，不料当年便被调往下野国宇都宫地区，拿到十五万五千石的封地。那之前，正纯只有下野国小山地区的三万五千石。光看数字，这确实算是重赏。

三年后的元和八年——

"命罪人本多正纯流放出羽国。宽永十四年三月，正纯于流放地寂寥离世，享年七十三岁。"

德川幕府的史录称，元和八年，本多正纯去出羽国最上地区向最上源五郎义俊宣布没收封地之事，此时突遭将军降罪，被流放到了出羽国由利地区。

具体情况无人知晓。

当时，将军秀忠本打算赐给正纯五万五千石，供他生活开销，然而正纯谢绝不收。

本多正纯朗然说道："属下无须俸禄。"

那正是幕府新旧势力交替的关键时刻，任何事件都会变成失势的契机。

长年累月的战乱总算落下帷幕。满拟天下就此太平，不料又要看将军和幕府的脸色，凡事皆需谨慎，否则便有"身败名裂"之虞。

莫非这便是武家的"和平"？

被战争搞得疲惫不堪的大名们好不容易才整顿好封地，得以喘息，却又奉命搬到别的地方。

大名换地方不比寻常百姓，而是要带着成百上千的家臣和家眷。来到风俗迥异的地方之后，行动自然大是不便。要将新封地真正变成自家的地盘，无疑需要耗费巨大的人力物力与漫长的岁月。大家自顾不及，何来余力开战？

德川幕府如此削弱诸大名的实力，守住了德川家的江山。

跟别的大名相比，真田家算是比较宽裕。秀吉攻打朝鲜时，信之没有远渡重洋去异国行军；关原之战时亦然；大坂一役虽派了两个儿子出阵，却没动用庞大兵力。三十年来，信之确实备下了一些金银。自沼田搬到上田之后，这些财富便用来治理故土。

总之，真田家相对富余一些。

来上田后，信之的生活朴素如初。正所谓世事难料，就算幕府不再降罪，亦有可能命他换个封地。届时，真田家唯有接受。若是拒绝，便会被扣上"乱臣贼子"罪名。那便是赔了夫人又折兵，只剩下"家门断绝"一条路。

信之估计真田家无法久留上田。而且，这猜想渐渐成真。

（总有一天要搬离……）

所以要早早有个觉悟。一旦去了新封地，便要斥巨资苦苦经营。

往年，一些家臣总是背后议论纷纷。

"主公太多虑了。"

"哪儿会像他想的那般事事不顺呀。"

事后看来，信之的"杞人忧天"全部成真。家臣们由此不敢再小觑信之。

"坏事总是难以看清，真令人头疼……"

信之曾对铃木右近忠重如此感叹。

话说……

是年盛夏，铃木右近派人带回一封信。

那是一条意想不到的消息。

小野阿通偶感风寒，竟成重病，卧床数日……

信之大惊，立刻命人备好慰问品交给使者，叮嘱道："告诉右近，一旦病情有变，速速派人通知！"

信之提心吊胆。

第九章 初雪

# 第壹话



信之登上月见楼，命人召来足轻——金子虎太郎。

虎太郎娶了向井佐平次之女阿春，其职责自然不再只是给信之牵马。真田信之渐渐开始给他安排一些机密任务。

"虎太郎，凑近些回话。"

"是。"

"跟以前一样，去画师住吉庆春家……"

"遵命。"

信之这是要派虎太郎召见阿江。是日深夜，阿江如微风般来到信之卧房。

"阿江？凑近些。"

"好。"

"铃木右近发回急报，说小野阿通大人病危……"

"身强体健的阿通大人竟会……"

"说是偶感风寒。"

"天哪……"

"阿江，你可好？"

"啊？"

"你的身子可好？"

"去京都没问题。"

不愧是阿江，一下子就明白了。

"你肯帮我跑这一趟？"

"我这就去。"

"有劳了。"

"大人言重了……"

"阿通对咱们真田家有恩，当年甚至肯去江户帮我作证……"

阿江凝视着信之的眼睛，说道："确实决心可嘉……"

信之微微低下了头，说道："麻烦你了。"

"定不辱命。"

情况一旦有变，铃木右近自会派人来报。如此看来，似乎不用让阿江行动。殊不知阿江往返京都、上田的速度实比使者骑马更快。

阿江那惊人的脚力一如往昔。

"麻烦你将这封信交给右近。"

"好……"

阿江悄然离开卧房，信之甚至听不见开关纸门、木门的动静。

阿江走的不是普通人马通行的路，而是草者自信州赶往上方的近道。

翌日一早，铃木右近派出的第二名使者策马冲进上田城大手门。这便意味着第一名使者刚出发不久，第二名使者便自京都府邸追来。

第一名使者动身不久，事态便有了变化。

听闻第二名使者赶到，信之登时想到阿通怕是没了。果然……

铃木右近来信称他已代表信之致哀，不会给真田家蒙羞，后续行动尚望信之指示。

右近听闻阿通死了，立刻派二十余人去小野阿通府邸帮忙操办各项事宜。

"知道了……"信之一脸悲痛，点了点头，命第二名使者下去歇息，继而望向一旁的矢泽赖康，说道，"但马守……"

"您说。"

"大坂一役之后，走了太多太多的人。"信之苦笑道，"好容易熬到太平之世，经年累月的疲劳又相继爆发。无论你是否上阵杀敌，都难逃一死……"

"属下怕也命不久矣……"

矢泽赖康本想安慰主子伊豆守一番。

"但马守！住嘴！"信之一反常态，怒吼道，"别胡说！"

"属下罪该万死……"

"别再说这种不吉利的话了！"

"是。"

真田信之渴望跟阿通共度余生，再三主动相邀，无奈这份慕情永远不会有结果了。信之唯有怅然回想旧事。

（那时，我仿佛变了个人……）

小野阿通久居京都，以女儿之身享誉全国，甚至获准自由进出天皇的皇宫。如此才女，哪里肯搬来信浓这般山野之地？光是两情相悦，解决不了这一大堆的问题。

　　幕府弄出马场彦四郎之事的时候，阿通毅然表示会亲赴江户帮信之作证。就是说，只要是真田信之的事情，她不惜触怒将军和幕府。若无如此决意，她无疑说不出那番话来。由此可知，阿通确实对信之抱有好意，只是不想来上田罢了。

　　去年之前，信之尚存一丝希望，故而一直不批准铃木右近回来。现下……

　　（近期就让右近回来吧……）

　　信之对阿通的思慕不会就此消逝。突然得知阿通离世，信之悔不当初。早知如此，当时真该冒着一切危险去京都看看，亲耳听听阿通的声音。他甚至可以强行将阿通"拽"回上田，带她好生游览信浓美景，再送她回京。

　　若阿通不愿跟随信之，亦可——以真田家恩人相待便好。

　　（为何不孤注一掷……）

　　（为何不多想想办法……）

　　信之悔得肠子都青了。

# 第贰话



小野阿通高烧倒下，哪知竟就此一命呜呼。

阿通府邸的山本传藏告诉铃木右近，阿通曾对他说道："待风寒痊愈，就去信浓见见伊豆守大人。妾身早就想去信浓瞧瞧……"

然而，铃木右近没将这话告诉信之。若是信之听见了，怕会痛心疾首。

不知阿通为何突然说出"想去信浓"这番话来。

信之思慕小野阿通一事，本就让铃木右近甚是不悦。

（堂堂主公……五十好几的人了，竟然跟无知青年似的……）

给信之和阿通当"秘密中间人"无疑不大愉快。若不是半路杀出个阿通，他早就回到信之身边去了。旁人对此一无所知。

右近眼中的信之崇高无比，不料却被年逾六十的阿通弄得神魂颠倒。阿通固然是才貌双全的一代才女，但这事情毕竟是太不像话。

哪知阿通竟毅然表示会亲自去江户给信之作证。右近得知此事，对阿通的印象登时一变。

（此女确实非比寻常！难怪主公会对她日思夜想……）

正因如此，右近才想尽量消除信之的悲哀。

阿通虽未料到会被区区风寒夺了性命，却早早就留下遗言。根据遗言，葬礼从简操办。天皇特意派来敕使悼念。

同样是根据遗言，其"女儿"继承了"小野阿通"之名。这个"女儿"大概是阿通和前夫盐原志摩守（丰臣秀次家臣）的孩子。

高热令阿通深陷昏迷。三日后，阿通昏迷着撒手人寰。

真田信之没见着阿通最后一面，只记得阿通生前的音容笑貌。直到数年之后，他犹自对铃木右近叹道："总觉得阿通大人仍在京都……"

惹得右近唯有苦笑。

是年秋，铃木右近得偿所愿，卸下京都伏见府邸留守役的重任，回到上田。他借机劝信之赦免小川治郎右卫门。

信之不置可否，随口道："这个……"

"治郎右卫门之罪如此之重？"

"唔……"

信之就是含糊其辞。

小川治郎右卫门继续蛰居蛇泽山村，妻子伊佐和长子龟之助亦然。虽无人看守他们，但是上头有命，不得离开方圆一町。治郎右卫门谨遵主命。

有一阵子，伊佐确实非常担忧。

（以后该如何是好……治郎右卫门究竟犯了什么滔天大罪？主公会不会宽恕他啊……）

她只得一忍再忍。

平日里，小川治郎右卫门不是陪儿子龟之助玩相扑，便是教他练剑，要不然就潜心做棋盘。治郎右卫门好像胖了些。蛰居后，他足足做了四个棋盘，如今正做着第五个。棋盘这玩意儿是细活，做一个需要花不少时日。

"您还真做不厌啊……"

见状，伊佐不禁感叹。而治郎右卫门则是孜孜不倦。

"哪里会厌呢……"

"做棋盘就如此有趣？"

"你觉得我这是乐在其中？"

"嗯。"

哪知治郎右卫门面容一肃，喃喃道："是这样啊……"

伊佐一头雾水。

（是这样？他到底是什么意思呢？）

莫非他看似乐在其中，实则忧心忡忡，跟伊佐如出一辙？伊佐默默反省。

（怪不得……亏他怎么做都不厌……哎呀，我怕是说了不该说的……以后可得多长个心眼儿……）

某日，伊佐一咬牙，问道："咱们以后该如何是好？"

小川治郎右卫门盯着妻子的脸庞瞧了半天，长叹道："这个，我也说不好，毕竟世事难料……"

# 第叁话

"其实，这两年来我一直犹豫此事，不知当不当说……刚才总算确信告诉你会比较好。"

小川治郎右卫门的妻子伊佐日益不安。

（此事说来真怪……）

坊间盛传是小川治郎右卫门放跑了马场彦四郎。

伊佐追问丈夫，无奈小川治郎右卫门完全不当回事，只是随口说道："就由着他们说吧。"

"那您究竟犯了什么错呀？"

"你就别瞎管了。"

"可……"

"住嘴！"治郎右卫门斥道，"以后别再问了！"

"好吧……"

伊佐无从探究此事。她根本不知小川治郎右卫门的想法，只知道丈夫全无忧虑之色。伊佐眼中的夫君简直当得"泰然自若"四字，而且不是佯装轻松。他每日都去院中挥舞大刀和长枪锻炼身子，食量一如往昔，而且非常健谈，情绪很好。

还有一事令伊佐疑惑。一家人从上田府邸搬来这个小茅屋之后，四周无人看守，衣裳粮食均有主家提供。他们毕竟是罪人，大家不敢明目张胆来探望，只有下人时常悄悄带来些蔬菜鱼虾……总之，没有人盯着他们。附近百姓皆对治郎右卫门一家心怀好感，时不时上门嘘寒问暖。真田家同样对此视若无睹。

照此看来，治郎右卫门之罪不重。但是，他们蛰居蛇泽山村快两年了，全无宽恕的苗头。伊佐看似坚强，毕竟是个女子，见丈夫自甘淡泊，没事就做个棋盘，哪里会不着急？

——做那么些棋盘又有什么用啊！

小川治郎右卫门细细做完棋盘之后，总会放进橱里，告诉妻子别开橱门。伊佐不用他吩咐，根本就没有开门的念头。女人家自然不会对棋盘、棋子有兴趣。

直到那年秋天，伊佐闲得无聊，竟对治郎右卫门道：“不如教我下围棋吧？”

“哦？你想学？”

“是啊。”

“好。”

治郎右卫门非常高兴，立刻从橱里搬出棋盘、棋子。

见丈夫总是独自下棋，无人陪伴，伊佐非常心疼。

（若我学会下棋，总可以陪他解解闷……）

若再借着丈夫的兴趣顺便帮自身解闷，不是一举两得？

小川治郎右卫门从围棋的基础开教，讲解得极其细致。

“想不到教人下棋是如此有趣……”

“教我下棋，估计你不过瘾吧？”

“那倒不是。我的棋艺是七八岁时由父亲教的，细细想来，当年父亲亦是乐在其中……”

“是吗？”

“我总觉得……教你下围棋会有些收获……”

“哦？此话怎讲？”

“我说不清楚，但我绝不嫌烦，有不懂的尽管开口问。”

“好。”

一个月后，伊佐真起了劲。

“老公，我总算明白您为何如此喜爱围棋了。”

“是吗？世人总以为女子不该下棋，下了也绝不会喜欢上。”

“嗬，若是女子迷上围棋，定会疏忽家事。”

“难怪近来汤水的味道都变了……”

“瞧您说的！”

伊佐学了围棋之后，小川治郎右卫门夫妇的感情越发融洽。伊佐的表情越发明快，大有心宽体胖之势。见父母二人隔着棋盘对坐，十岁的龟之助看得目不转睛，瞧着瞧着，竟也学会几着。

夏日悄然过去，不知不觉中，秋风扫落叶，敲得纸门直响。

一日夜里，治郎右卫门对伊佐道：“又要过冬了……”

“是啊，冬天快来了。”

“伊佐，过来。”

“怎么了？”

伊佐察觉丈夫脸色有异，不觉有些紧张。只见治郎右卫门两眼放光。隔壁房间的龟之助早就睡了。

“伊佐，我有一事相告。”

“您说……”

“其实，这两年来我一直犹豫此事，不知当不当说……刚才总算确信告诉你会比较好。”

听来事关重大。伊佐吓得脸色惨白。

“听着，今后还得靠你鼎力相助……”

“啊？”

“照理说此事不该告诉你，可我一家三口相依为命，这茅草屋如此狭小，又无下人伺候，不告诉你不行啊……”

治郎右卫门压低嗓门，凑近伊佐耳旁低语。伊佐惨白的脸色逐渐变红。治郎右卫门仍在诉说。太郎山吹来的风刮向雨窗。语毕，小川治郎右卫门凝视着妻子的脸庞。

伊佐凝目望着丈夫。

“嗯，”治郎右卫门用力点头道，“拜托了。”

“是。”

# 第肆话

信之夫妻重履令人怀念的沼田城开怀畅谈的最后机会，恐怕正是来年春天。

江户真田府邸的小松殿派人给上田捎信。

"近来身子好多了，来年春天想回沼田一趟。"

信之立刻回信，让小松殿的使者带回。

小松殿打算回来，自是相信她离开江户亦无大碍。

况且，她常说沼田是她的第二故乡，当然时刻都想回阔别数年的上田和沼田看看。

沼田城有长子真田信吉，江户府邸则有次子信政，双方各有重臣辅佐。小松殿欲让信之全意打理上田的政事，真是费尽心思。信之和木村、矢泽两位老臣没有第一时间将马场彦四郎一事告知小松殿，惹得小松殿非常不满，几次向木村土佐守吐露怨言。

信之觉得事关重大，若被病中的小松殿听到，只会徒增烦恼。

"故拟待尘埃落定再告知夫人。"

收到信之的信函，小松殿这才作罢。屈指算来，自沼田搬去上田之后，真田信之和小松殿足有三年没见面了。

当时，幕府尚未确立参勤制度，大名们不用定期去江户向将军和幕府表忠，只要送去某种形式的人质便好。幕府同意信之将次子信政留在江户府邸，条件是让小松殿一同留下。

照理说，信之该让长子信吉去江户府邸当人质，无奈他早就让长子信吉创立沼田分家，当了沼田城的城主。

"早些就任城主，趁年轻时多吃些苦……"信之此举无疑是效仿亡父昌幸，"待信吉成了气候，便让他来上田继承本家，再将沼田让给信政，继续分家。"

信之将这一打算告知妻子，小松殿自然同意。

幕府大概会准许小松殿来年春天时回到沼田，却不会准她长住。因此，信之决定在小松殿回沼田时亦前往沼田，就今后的安排跟妻子好生商讨一番，并将此事写在信中。使者带回了小松殿的回信。

"您如此用心，妾身受宠若惊，盼着回沼田的日子早日到来……"

不知小松殿如何看待小野阿通和信之的关系。阿通突然离世一事，小松殿无疑会知晓。然而，她的信中对阿通只字未提。

信之当然不会察觉不到妻子心中涌动的微妙感情。

（仔细想来，关原之战以后……）

妻子怕是一天安乐日子都没有。

小松殿是德川家名臣本多忠胜之女，又以家康养女身份嫁到真田家，身负维系德川家和真田家的重任。真田信之经妻子知晓德川家康其人，知晓德川家人才济济，知晓德川家上下一心。否则，关原之战时他不一定会支持关东，毅然和父亲、弟弟分袂。

——足以当天下人者，唯有家康一人！

正因有妻子劝告，信之才会萌生坚定不摇的信念。

（今后可得好生慰劳夫人，让她长命百岁……）

信之如此寻思着，却明白将她迎回上田长住的希望不大。不光真田家，大名正室居于德川将军脚下的江户乃是常识，唯有极少数例外。正因如此，小松殿才想"趁机"回沼田一趟吧。

见上田的经营卓然有效，信之亦有闲心隔年去江户一趟，以便跟妻子相会。

信之夫妻重履令人怀念的沼田城开怀畅谈的最后机会，恐怕正是来年春天。

# 第伍话



是日一早，小川治郎右卫门睁眼一看——

（天还没亮啊……）

他又闭上眼睛。蛰居后，他逐渐养成不早起的习惯。

"蛰居后才知一睁眼天色尚早便又闭眼睡去是何等享受，半梦半醒，舒服非凡。"

治郎右卫门常对妻子伊佐如此感叹。其实，他醒来时，伊佐与龟之助早就起床了，他却以为妻子和儿子都在屋里歇息。可见屋里是何等昏暗，何等冰凉。

平日里，治郎右卫门一睁眼，雨窗便是开着的，能见着阳光照进屋里。

小川治郎右卫门闭上眼，享受着被体温捂暖的被窝，不觉轻吟一声。

"嗯……"

"醒啦？"

伊佐的声音从隔壁房间传来。他本以为妻子就躺在身旁。

"下初雪了。"

"嗬……是嘛……"

难怪雨窗没开。

"几时了？"

"快中午了。"

"啊？"

只听伊佐和龟之助笑个不停。

"睡过头了！"

怕是昨夜喝多了。

治郎右卫门起身去了后院。今日无风，唯有粉雪飘落，井户顶上亦积了薄薄一层。他用井水洗了洗身子，回到屋里，登时闻到味噌汤的香味。无论春夏秋冬，治郎右卫门早起后总要用井水沐浴。那是少年时养成的习惯。用干布细细擦身，只见"热气"腾腾。

卧房已被收拾干净。治郎右卫门换好衣裳。伊佐为夫君束发。

"今年的初雪来得真早……"

"是啊。"

"难怪昨夜如此寒冷……"

伊佐与龟之助已用过早膳。古人一日两餐，早晚各一。

吃完饭，小川治郎右卫门说道："龟之助，今天下雪，父亲就不陪你练枪喽。"

那"枪"自然不是真枪，而是治郎右卫门用樫树做的假枪。

一家人围坐在木板间的地炉旁，一抬头便能看见台所。

"龟之助，拿棋盘来，今天我好好教你两招。"

“真的？”

龟之助两眼放光，忙从隔壁屋取来棋盘和棋子。

这棋盘乃是旧物，并没放进橱里。橱里尽是治郎右卫门蛰居后做的棋盘。

此前，治郎右卫门不曾手把手教授龟之助，但他看着父亲教母亲下棋，竟偷着学了不少，令治郎右卫门惊叹连连。

“瞧瞧，伊佐，连龟之助都强过你了！”

收拾好台所，伊佐做起了针线活。

本以为雪该停了，不想越下越大。一家三口围在通红的火炉旁。时间静静流逝。傍晚时分，伊佐去台所做饭。此时，龟之助抬眼看了看父亲，不觉露出惊讶的表情。只见父亲治郎右卫门一脸复杂神色。

更令人疑惑的是，父亲没看着棋盘，而是遥望远处，紧锁双唇。

龟之助放下棋子，唤道：“父亲……”

治郎右卫门仍看着远处，举起左手示意他先别说话。龟之助老老实实将双手放在膝头，抬头望着父亲。伊佐正在灶头准备饭菜，对此一无所知。

须臾，小川治郎右卫门将视线缓缓投回龟之助身上。

“该我落子了？”

“嗯。”

“好。”

治郎右卫门点点头，抓起棋子，脸上浮现微笑。

（父亲适才的表情为何如此可怕？）

龟之助如坠雾中。但是，孩子毕竟是孩子。

“龟之助的记性可真好！”

"果然是我的好儿子！长大了定是一代棋王！"

听父亲如此称赞，龟之助不一会儿便将此事抛之脑后。

不久，饭菜备好了。

一家三口用餐时，小川治郎右卫门忽然停下筷子，说道："伊佐，今日下雪了，早些哄龟之助歇息吧。"

"啊？"

丈夫这样说话，真是头一遭。只要天黑下来，不管有没有雨雪，伊佐都会哄龟之助入睡。伊佐不禁动了疑念。丈夫如此强调，当是另有隐情。用完晚膳不久，她便催龟之助进了卧房。龟之助睡下之后，伊佐回到房中，只见治郎右卫门坐在炉端，正等着她。伊佐要去备酒，治郎右卫门却摇了摇头。

这又是桩稀罕事。平日里用完晚膳，小川治郎右卫门总要小酌几杯。

夫妻俩四目相对。一阵夜风吹响了门板。伊佐分明看见治郎右卫门两眼放光。

# 第陆话



一刻（两小时）后，敲门的不是风——而是人。

风已停。

伊佐微微一动。小川治郎右卫门朝妻子点了点头，站起身来。这栋屋子本是农户，前门与后门开在泥地间两侧，而泥地间与台所及木板间相连。治郎右卫门下到泥地间，朝前门走去。

来人又敲了敲门。

治郎右卫门问道："谁啊？"

屋外人道："在下……"

"在下？是谁？"

"听不出来？"

"哦……马场彦四郎啊！"

"不错！"

"我这就开门！"

治郎右卫门说着，回头望了伊佐一眼。

伊佐点点头，走进木板间与卧房间的房间。见妻子进了屋，治郎右卫门才拉开门。

不知不觉，雪停了，屋外伸手不见五指。

一名男子走了进来。不是别人，正是那个马场彦四郎。原本矮小瘦削的马场彦四郎竟胖了不少。他的皮肤本就黝黑，两年时间里，竟如老了十几岁。

反观小川治郎右卫门，白皙富态的面貌倒是一点儿没变。

"你还是老样子……"

彦四郎头戴草帽，感慨万千。

"是嘛……"

"嗯，一点儿没变，连看我时的眼神都是老样子，"

彦四郎环视四周。

"彦四郎……"

"嗯？"

"傍晚时分，你可是在附近走动过？"

"被你发现了啊……"

治郎右卫门点了点头，说道："直接进屋不就好了……"

"那可使不得……"

"此话怎讲？"

"我好像得了疑心病……"

"咱们一样。"

"对不住……"马场彦四郎这才脱下蓑衣，说道，"治郎右卫门，我欠你一句对不住……我潜伏真田家，背叛了伊豆守大人，多谢你将我放走……"

“唉……”

“为何……为何要放走我呢？……”

“你爱怎么想就怎么想吧……”

“当年我身在监禁所时，你曾劝我想开些……”

“不错。”

“所以我一度觉得翌日夜里将我救出监禁所的是关东忍者……”

“那人不是忍者，而是我雇的浪人。”

“是……是吗？原来如此……我事后才听闻你因此遭伊豆守大人怪罪，奉命蛰居……真是大吃一惊……”

“你知道得可真清楚。”

“此事早就传开了……”

“你听说了此事……就意味着关东忍者还在四周活动……”

彦四郎默然不语。

“别说这些了，进屋吧。”

“可是……你当年为何要放了我？”

“我见不得棋友受苦……”

听到这话，马场彦四郎露出难以名状的欢喜之色，说道：“是吗……果然如此……”

“棋友……真是一种不可思议的关系……”

“是啊，太不可思议了！”

彦四郎一副“知我者治郎右卫门也”的表情，连连点头，心头仅剩的一抹戒心也烟消云散。他背对着治郎右卫门，坐在木板间的边上脱掉草鞋。

小川治郎右卫门腰间并无短刀。

“伊佐……伊佐……”

治郎右卫门唤道。伊佐现身，用火炉上烧着的热水给彦四郎洗尘。

“伊佐，好久不见。”

“欢迎，欢迎。”

“伊佐，听说我背叛了伊豆守大人，你怕是恨得咬牙切齿？”

“以前，我确实觉得您是位可怕之人。”

“也难怪啊……”

“但是日子久了，便无心想这些了……您瞧瞧这破屋子……”

“对不住……千错万错，都是彦四郎的错……”

“不过，彦四郎大人，我近来学了围棋……”

“哦？是治郎右卫门教的？”

“不错。”

“这可真是……呵，真是开了眼界。”

“我总算明白他为何要放您走了。”

“是……是吗……”马场彦四郎洗过脚，走上木板间。伊佐的话令他感动不已，他不禁拜倒在地，低头道，“伊佐，对不住。”

“彦四郎，别提这些旧事了，”小川治郎右卫门道，“伊佐，备酒。”

“是。”

“彦四郎，看来你刺探多年，并无结果啊。”

“不愧是伊豆守大人，谁能料到大人能拿出大御所大人的亲笔书状……”

“嗯？怎么说？”

“你没听说？”

“没有啊。”

# 第柒话



小川治郎右卫门挪近了些，问道："大御所大人的亲笔书状是怎么回事？"

"罢了，罢了。总之，多亏那书状，真田家才逃过一劫。"

"嗬……"

"就是那样子了。"

伊豆端着酒菜进屋。

小川治郎右卫门拿着酒壶，说道："来，我给你倒。"

"多谢，多谢。"

"对了，彦四郎。"

"嗯？"

"你眼下在何处落脚？"

"你不知道？"

"自然不知道。"

马场彦四郎露出自嘲之色。

"从真田家刺探的情报要是有用，我现下便该是旗本啦……无奈那只是黄粱……"

"那……"

"你就别打听我的现状了。"

"难道你还在为幕府刺探情报？"

彦四郎干笑两下，说道："算是吧。"

"你这是从哪里来？"

"越后。"

"越后啊……"

"对了，治郎右卫门。"

"嗯？"

"你可知我为何以身涉险，登门拜访？"

"嗯……知道。"

"说来听听。"

"你还输着我一局棋，定是讨债来了。"

"不错，"彦四郎伸手拍膝，使劲点头，兴高采烈，"不愧是我的好棋友治郎右卫门！知我者，治郎右卫门也！"

"果然……"

"这局棋，我真是日思夜想啊……"

"是吗？"

"咱们杀上一盘，如何？"

"好。"

"好，好，就该如此啊……"

"你可真执著……"

“我不想在围棋上落于人后。”

闻言，小川治郎右卫门微笑着对伊佐道：“取我做的棋盘来……”

“是。”

“你……还会做棋盘？”

“闲来无事。”

伊佐自隔壁房间的壁橱中取出樱木棋盘，将两盒棋子摆在棋盘上，缓缓回到屋里，只见治郎右卫门正往地炉里加柴火。

治郎右卫门接了妻子手中的棋盘，对彦四郎道：“就在这儿下吧，冬日天凉，没有比炉边更暖和的地方了。”说着便将棋盘放到了木板上。

马场彦四郎弯腰伸出双手，说道：“这便是你亲手做的棋盘？让我瞧瞧……”

此时，伊佐走去台所，背对着二人。小川治郎右卫门的右手扶着棋盘内侧。

彦四郎全然没有起疑，继续赞道：“嘿……没想到你竟如此心灵手巧……”

“好生瞧着吧。”

治郎右卫门右手一翻，手中竟多了一把小刀。

那是剃刀般的短刀。

“彦四郎……”

治郎右卫门唤道。

“嗯？”

马场彦四郎抬起头来。说时迟那时快，治郎右卫门对准彦四郎左侧脖颈的要害，用力一挥。

“哇……”

彦四郎愕然瞪大双眼，一脸难以置信的神情。只见小川治郎右卫门单膝跪地，隔着棋盘又挥一刀。马场彦四郎的喉咙鲜血四溅，整个棋盘顿时鲜血淋漓。

“唔……唔……”

彦四郎呻吟着，右手微微一动，便再没动弹。他倒在了棋盘上，如一块毫无生气的木板。伊佐亦是手持短刀，一只脚跨在木板间上。治郎右卫门站起身来，后退一步，两步……只留下四平八稳的棋盘，支撑着马场彦四郎的身躯。

小川治郎右卫门凝视片刻，喃喃道：“彦四郎归西了。伊佐，去瞧瞧龟之助。”

“是。”

伊佐跑去卧房。治郎右卫门一动不动，颈部至胸部尽是彦四郎的鲜血。

一切皆是转瞬之间。

伊佐走出卧房，淡然说道：“龟之助睡得甚好。”

# 第捌话



小川治郎右卫门在棋盘下方装了把短刀。刀刃正是他亲手磨的。

治郎右卫门坚信马场彦四郎会上门讨债。要想请君入瓮，自然要多方准备。况且，彦四郎若成了旗本，就算他想找治郎右卫门下棋，恐怕都难以成行。幸好幕府没有令真田家屈服，而马场彦四郎亦无荣升迹象。

之前，阿江去江户探了探，发现彦四郎没在江户。

真田信之因而唤来小川治郎右卫门，说道："不可就此放过彦四郎。天知他会做出何等事来。听闻你跟他关系甚好，可有头绪？"

"这……属下亦无头绪……"

"阿江正四处打探，可惜全无进展。彦四郎莫不是去别的大名家刺探情报了……就像他父亲当年来真田家……"

"嗯……"

"那就更不能听之任之。得重办彦四郎，以儆效尤！"

治郎右卫门沉默片刻，说道："主公，咱们'引'彦四郎来，如何？"

"哦？怎么个‘引’法？"

"实不相瞒，彦四郎还输着属下一局棋……"

"哦？"

"他对围棋极为执著，估计不会就此作罢。"

"然后呢？"

"请主公先降罪于我，将我流放到城郊的偏僻地方……"

治郎右卫门将计划缓缓道来。

信之将信将疑，犹豫道："这……行不行得通啊？"

"不如等个两三年，主公意下如何？"

"嗯……"

最终，信之点了头，跟治郎右卫门、矢泽赖康三人周密部署。

小川治郎右卫门甚至没向妻子伊佐讲明真相。直到今年，他设想了各种可能出现的情况，方始变了主意——还是请伊佐暗中协助较好。若对伊佐保密，就不能让伊佐瞧见装了短刀的棋盘，因而便要将放有棋盘的壁橱锁上。但是，彦四郎现身的时间无法预测。彦四郎现身时，治郎右卫门若要执行计划，便得起身开锁，拿出棋盘。届时，马场彦四郎会如何看待那一幕？

别看彦四郎那副模样，他其实极为谨慎。实话实说，真田信之尚且没察觉他是奸细，可见他确实谨慎，步步为营。

治郎右卫门深知此事不容有半点疏忽。

（伊佐胆大心细，关键时刻当不会手忙脚乱。）

他终于决定向伊佐道出天机，继而卸下了壁橱上的锁。夫妻二人每日一待龟之助睡下，便反复演练彦四郎出现后的动作与对话。

今夜，便是二人演练的成果。

治郎右卫门自信刀剑之术不会输给彦四郎，但转念一想……

（机不可失，时不再来！）

所以，他决定用大有玄机的棋盘来结果彦四郎的性命。

"干得好，"他擦着短刀上的鲜血，称赞伊佐，"他果然来了。"

"是啊。"

"给他擦擦身子吧。伊佐，搭把手。"

"是。"

马场彦四郎的遗体被安置在早已准备好的木箱中，而木箱则放在泥地间一隅。

之后，治郎右卫门对伊佐说道："我去矢泽大人府上一趟。劳你看家。"出门时，他又说道，"伊佐，又下雪了。"

"照这个情形，怕是积不起来。"

"是啊……"


翌日，雪后晴天。龟之助醒来时，马场彦四郎的遗体早就没了踪影。矢泽赖康接得小川治郎右卫门通报，立刻派人将装有彦四郎遗体的木箱搬走。龟之助走出卧房，登时闻得灶头的味噌香味。母亲一如既往地忙活着，而父亲仍在卧榻中。

伊佐见他醒了，问道："哦，龟之助啊，昨晚睡得可好？"

"好。"

"做梦了吗？"

"没有……"

"快去洗脸吧。"

龟之助下到泥地间，伊佐递来木桶。

"龟之助啊，明日咱们一家便能回城下府邸去了。"

"母亲……这是真的？"

"我哪会骗你……咱们家啊，总算能过回原来的日子啦，"伊佐兴高采烈，抱紧龟之助，"届时，父亲又会进城伺候真田大人喽。"

"那……父亲岂不是不能陪孩儿下棋了？"

"怕是不会像现在那么闲，"伊佐莞尔一笑，"龟之助啊，仔细想来，在这小屋过日子也挺快活的呢……"

"哈哈哈！"

小川治郎右卫门起床了。

"哎呀，您起来啦。"

"是啊，昨晚睡得真舒服。"

"雪果然没积起来。"

这时，龟之助插口问道："父亲，咱们要回城下府邸了？"

"母亲都告诉你了？嗯，要回去了，高兴不？"

"高兴！"

"乖孩儿……"


次日，小川治郎右卫门果真回了城下府邸，继而被信之召见。

"没想到……那彦四郎真来了……真让你得手了！"

"都是主公洪福。"

"好，我这就赦免你啦，"信之故意笑道，"立刻官复原职！"

"谢主公开恩……"

"啊哈哈哈……"信之大笑道，"太好了，太好了！"

信之曾对马场彦四郎深信不疑，对他的背叛自是耿耿于怀，至此总算报了一箭之仇。

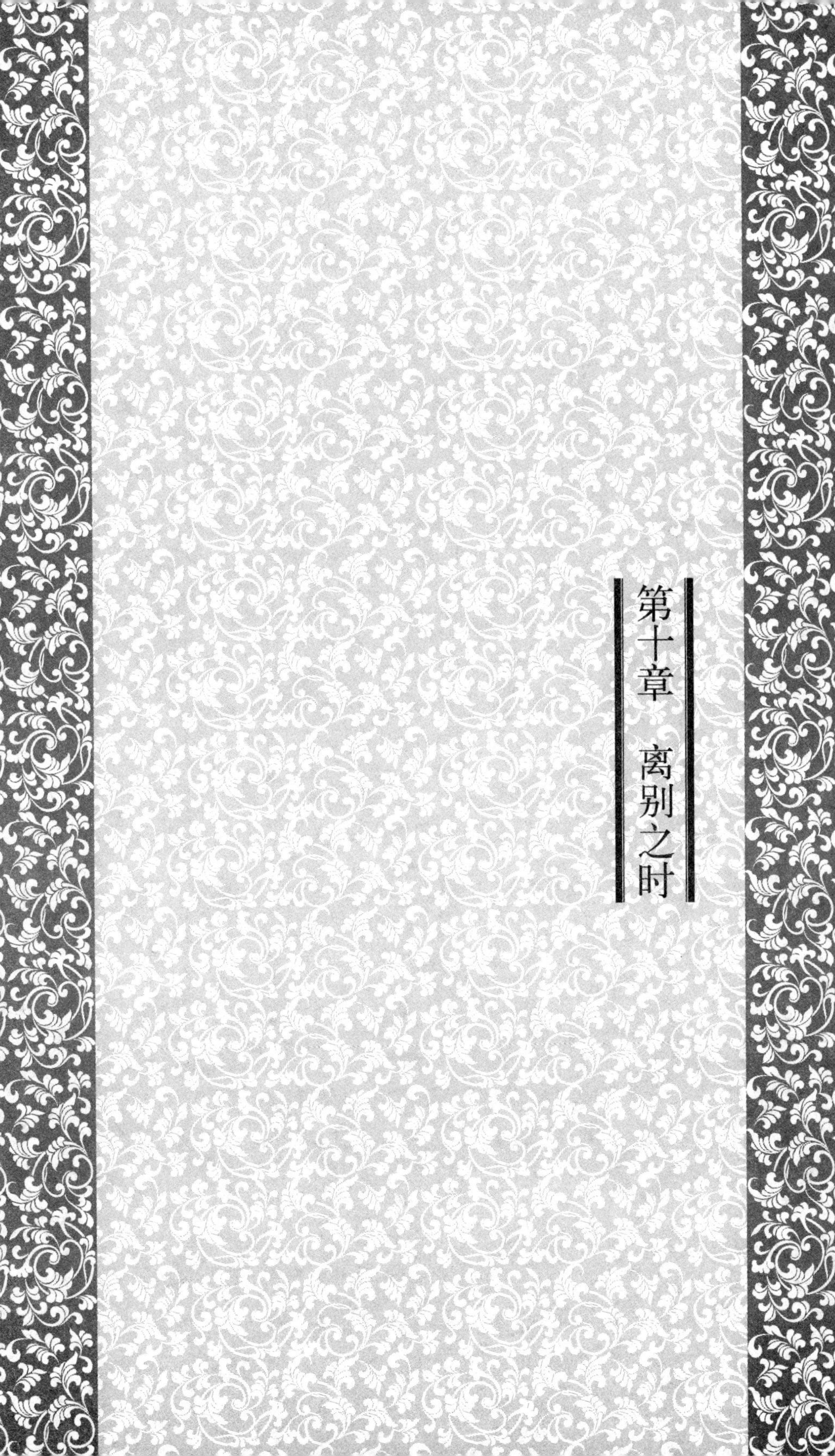

第十章　离别之时

# 第壹话



元和六年，真田信之五十五岁。

江户府邸的小松殿总算征得了幕府的批准，打算开春时回沼田看看。跟丈夫信之开怀畅谈的日子，眼看着就要到了。小松殿从去年秋天开始便尽力养生，总算有了起色。她再三致信上田，跟信之商讨聚首沼田城的日子。

江户至沼田城下约三十七里，上田至沼田约三十里，都算不远。

真田信之翘首以待。

"秋天一到，我便亲赴江户，陪夫人一同过年。"

见信之如此来信，小松殿甚是欢喜。

小野阿通死后，信之时常向家臣感叹自己上了年纪。古时男子但凡过了半百之年，便是死期将至。关原之战至大坂战争的十余年间，信之跟父亲、弟弟敌对，向德川家鞠躬尽瘁，堪称身心俱疲。

"近来无所事事都觉得乏，一天里最期待的竟是睡下。男子到了这步田地，怕是大去之期不远喽。"

信之不禁如此感叹。

春天来了。

元和六年二月二十二日，小松殿一行自江户真田府邸动身去了沼田。

那相当于现代的三月二十五日。江户梅花已谢，樱花的花苞渐鼓。

小松殿是年四十八岁。她的身子虽然好了些，这两三年来却几乎药不离口，只好慢慢行路。第一夜在距离江户五里三十丁的武州浦和地区落脚。第二日行了六里，下榻鸿巢。

二月二十三日，真田信之和老臣矢泽赖康由不到三十名部下陪着，离开了上田城。随行人员中亦有小川治郎右卫门的身影。信之一行骑马赶路，速度自然快，二十五日上午便到了沼田城。

沼田城主——信之长子真田信吉——率一干家臣出城迎接。真田信吉已是二十八岁的青年大名。他天性温和单纯，由父亲信之指派的家臣鼎力辅佐，将城主职责行使得甚是不错。迎接父亲、谈起沼田政事时的语气，亦表明他有所成长。

——有点长进！

信之虽想这样夸儿子几句，可如今的信吉还不足以继承真田氏本家。若德川幕府使出老奸巨猾的谋略，信吉无疑难以招架。

信吉继承本家之后，信之打算将沼田交给身在江户的次子信政。信政自幼活泼，这当然是好事，无奈父亲信之觉得这个儿子难成大事。

（趁着他俩年轻，得多让他们吃些苦……）

说实话，信之夫妻当时成天寻思着防备幕府，确实没余力再培养两个儿子。

（看来我真要再活两年才行……）

信之虽然老了，身子却挺健康，而且他自幼就极少得病。

是夜，信之去了沼田城的地炉间，支开旁人，跟矢泽但马守对饮。

"上田城日见破落，真要好生翻新一下，千曲川的河堤尤其需要加固。"

"确实。"

"此事当征得幕府许可，多加小心……"

"不错。"

福岛正则一事历历在目，信之自不敢疏忽大意。

要强调只是翻新，而非加强城防，以征得幕府许可。

"届时又要劳但马守和夫人出力……"

"愿为主公尽犬马之劳。"

"感激不尽。"

"主公言重了。"

矢泽赖康是年六十八岁，在当时算是很长寿了。他比信之年长十三岁，可终日骑马也不知疲倦，甚为矍铄。

"但马守啊，我想召铃木右近回上田来……"

"这敢情好！属下正想跟主公商量此事呢。"

"是吗？右近定会喜出望外。"

"是啊！"

"对了……"

"嗯？"

"你觉得这城主（信吉）如何？"

信之想让矢泽赖康评价一下儿子信吉的表现。

矢泽赖康微微一笑，说道："怕是……"

——还差些道行。

"果然……"

"属下多嘴了……"

"不，你说得好。看来我主仆二人一时半会儿都卸不下这肩头重任……"

突然，走廊响起急促的脚步声。

"父亲！"

真田信吉大喊着冲进地炉间。

"怎么了？"

"母……母亲她……"

信吉一时语塞。

# 第贰话

没有小松殿的进言，信之绝无法看透。小松殿加深了信之对家康的理解。

信吉的话，仿佛晴天霹雳。

小松殿竟于武州的鸿巢地区毙命！

二月二十三日，小松殿一行抵达鸿巢。翌日下了小雨。小松殿称区区小雨不会碍事，家臣山崎新左卫门却觉得今晨异常寒冷，不如别赶路了，免得她染上风寒，坚持在鸿巢多留一日。

二十五日晨，雨停了，晴空万里。老女走到小松殿歇息的房间外问安。不料小松殿毫无反应。老女唤了两三声，仍是鸦雀无声，只得大着胆子拉开纸门。

小松殿已然气绝。许是睡着时心脏停止了跳动。

山崎新左卫门赶来之时，已然回天乏术。前夜晚膳后，小松殿还跟老女、侍女谈笑风生……山崎新左卫门只得命同来的下人恩田要助速速将此事禀报沼田。恩田策马奔向沼田。

听闻急报，信之唤来恩田要助，问道："夫人走得安详吗？"

"回禀主公……仿佛睡去了……"

“那就好……”

信之简直无暇悲伤。

一切仿佛梦境。

山崎新左卫门料想信之会先到沼田，便将小松殿的遗体送去了沼田城，而非就地火化。

真田信吉脸色惨白，一声不吭，憔悴不已。身为长子，又生性温顺，自然懂得母亲小松殿的爱育之情。小松殿对两个孩子一视同仁。然而，江户府邸的信政听闻母亲死讯，只说了句“唉……无可奈何……”甚至不露悲色。

矢泽赖康望着茫然无措的信之，唤道：“主公……”

信之似乎没听见。

赖康只得提高嗓门，再度唤道：“主公……主公？”

“唔……”信之回过神来，“怎么了？”

“得派人迎接夫人回城……”

“不错。”

事出突然，信之甚至流不出泪。

黎明时分，三十余人举着火把，打点行装，自沼田城出发迎回小松殿。


小松殿回来了，却再也无法开口。装满香料的棺材中，躺着她的遗体。信之一见妻子遗容，不禁倒吸一口冷气。

四年不见，妻子的面容与身子憔悴不已，远超信之想象。

矢泽赖康自江户府邸回上田时，虽会传达小松殿的近况，却又怕信之担心，总是报喜不报忧。

　　进真田家门后，小松殿帮丈夫信之和德川家康牵线搭桥，从没省过一点心。她总是将德川家的实态告知丈夫，反之亦然。为了一点点消除双方的疑心与不安，小松殿操碎了心。

　　漫长的战乱即将终结，时代转折点近在眼前，光靠奋勇杀敌与匹夫之勇绝对无法生存。信之懂得这番道理，所以才会毅然挥别父亲和弟弟，投身德川家康旗下。当务之急是终结全日本的战乱。平民百姓自不用提，就连深陷战场的大名和武将都烦透了愚昧的战争。

　　（何时是个头啊……）

　　织田信长和丰臣秀吉统一天下的期望化为泡影。前者于本能寺之变中巨星陨落，后者在身心衰退中暴举不断，譬如出兵朝鲜。剩下的，唯有德川家康。

　　然而，家康能否像众人期待的那般……

　　没有小松殿的进言，信之绝无法看透。小松殿加深了信之对家康的理解。而且，她不会用谎言拉近丈夫和德川家的距离。

　　关原之战结束时，小松殿一度断言道："从今往后，定无战火。"

　　不料丰臣家走错了路，导致了大坂战役。关原之战后，小松殿再三恳求家康赦免流放九度山的公公昌幸，可惜无果而终。此事定对她的身心造成巨大打击。大坂一战之后，小松殿日渐憔悴，皆是失望使然。

　　嫁给信之以来，小松殿从未得过大病，信之跟家臣由此放松了警惕。况且，谁能料到她竟会在回沼田的路上撒手人寰？

　　（夫人……过不了多久，我便去陪你……等我……）

　　信之双手合十，默默对妻子的遗体说道。

# 第叁话



小松殿殁后，真田信之顿感自己的大去之期不远矣。

他越发用心治理领国，同时向幕府提议翻新上田城和千曲川堤坝，结果幕府一直拖到元和七年初夏才批准。

信之此举，实是准备将上田让给长子信吉，将沼田让给次子信政。

前年春天，江户家老木村土佐守病死，信之命重臣祢津三十郎直方接替。而好容易在上田安顿下来的矢泽赖康则主动向信之提出去沼田待个两三年。他不顾年事已高，只想去辅佐沼田的真田信吉。

信之瞪大双眼，问道："此话当真？"

"愿为主公再尽最后一份力。"

信之沉思半刻（一小时）之后，缓缓答道："那就……拜托了。"

"谢主公……"

"该道谢的是我……"

"属下担不起啊。"

"就劳你让信吉长进些吧。"

给小松殿举行葬礼时，铃木右近自京都赶回，之后便顺势留在上田，信之分了府邸给他。

"一个个都走了……"真田信之望着铃木右近，苦笑道，"人的一生，一如过眼云烟……"

"哎呀，"右近还是一张利嘴不饶人，"主公，您才发现啊？"

"是啊，谁让我吃的苦不如你多呢。"

"哎……"

"又怎么了？"

"瞧您说的……"

小野阿通和小松殿接连离世，让信之憔悴不已。幸好铃木右近适时回来，信之才精神了些。

元和八年，真田信之五十七岁，铃木右近四十九岁。

当年八月，将军德川秀忠突然召见信之。将军亲自召见大名，自是事关重大。

信之立刻去了江户。铃木右近随行。抵达江户府邸三日之后，信之准备进城谒见将军。

只见右近凑了过来，说道："容属下多言……"

"但说无妨。"

"恕属下斗胆。我真田家中八百余人……不，算上士卒和下人足有两千，而他们还有家眷……请主公切记……切记……"

信之淡然回答："我知道。"

一见之下，将军秀忠亲口命信之换个封地，从上田搬到信州松代——长野市松代町。

真田信之淡然自若，立刻伏地答道："谢将军大人隆恩。"

信之面无表情，将军秀忠亦然。

德川秀忠是年四十四岁。父亲家康死后，幕府逐渐形成由酒井忠世、土井利胜和安藤重信掌权的阁僚机制，不断推进诸大名的改易与转封之事。为了巩固由德川一门组成的德川政权体制，秀忠比家康更为铁面无情。

先年，秀忠让女儿和子进宫当了后水尾天皇之妃。

德川家政权的基础早就牢固了，他却不肯放松对诸大名的牵制。

真田信之奉命转封的当天，岩城平的鸟井忠政、佐贯的内藤政长、信州小诸的仙石忠政亦接获转封之命。仙石忠政将接替真田信之的上田城主之职。

信之回到府邸，将要搬去松代一事告知家臣。

江户家老弥津三十郎将众家臣召集一堂，开口说道："承蒙将军大人恩典，乃我真田家之幸。"

这自然不是真田家的肺腑之言。这些年来，真田信之不惜和父亲、弟弟对立，毅然向德川家尽忠，无奈将军恩将仇报，突然下令让他搬去松代。况且，幕府明知上田是真田家倾注心血之地……

沼田加上松代，共计十三万石，看似比原先的九万五千石多出不少，算是恩典。然而，上田是信州最肥沃的地区，实收足有十八万石。反观松代四郡（更级、植科、水内、高井）的两百余村，均是荒郊野岭，实收仅八万石。

大名更换封地，就算石高增加亦是麻烦事一桩。新封地的风土人情和故土截然不同，要推行新政策更是难上加难。政治上稍有闪失，幕府便会降罪。而搬家的开销更是不容小觑。幕府以种种手段增加大名开销，自是要削弱他们的实力。

信之受命之时，无疑是强忍着怒火。家臣们更是火冒三丈。然而，若是被怒火弄丢立志，出言鲁莽，被幕府听见……后果不堪设想。

因此，弥津三十郎才会先发制人，朗然说道："承蒙将军大人恩典，乃我真田家之幸。"

众家臣深知三十郎的弦外之音。眼下唯有卧薪尝胆，一忍再忍才是对真田家尽忠。这便是祢津的暗示。

"不得胡乱发作，胡乱闹事。大人此意，都听明白了？"弥津三十郎强调道，"江户乃将军脚下，当谨慎以对，尽忠职守。切记，切记。此乃我真田家危急存亡之秋！"

福岛正则改易时，幕府曾派铁炮队围困江户的福岛府邸。当然，真田家的情况与福岛家截然不同，幕府的警戒不露声色，但暗中无疑加强了监视。

是夜，江户府邸一隅，真田信之和铃木右近主仆二人喝着酒。

"主公……"右近低语道，"若您是治理天下的将军，会如何处置真田家？"

信之立刻苦笑道："那还用问？自然是跟秀忠公一样……"

# 第肆话



元和八年十月十九日清晨，真田信之离开了上田城，去往松代。

恭候新城主的松代城距上田有十余里。沿千曲川北上，便会见到足以俯瞰长野盆地（善光寺平）的妻女山。山脚下，便是松代城了。

松代城其实就是武田信玄所筑的海津城，其动机是据城跟上杉谦信决一死战。川中岛之役，信之的祖父真田幸隆正是武田家的一员大将。想到这些旧事，信之一时不禁慨叹。

"冥冥之中，果有定数……"

武田家灭亡四十余年了。武田家的旧臣真田家竟成了信玄所筑之城的城主。这件事尤其让信之感慨。

有野史称，小诸城主仙石忠政曾就获取上田一事反复恳求幕府老中土井利胜。利胜将此事报知将军秀忠，秀忠果然实现了仙石忠政的愿望。

《上田市史》有云："将军秀忠和真田家看似和睦，实则暗潮汹涌，众人皆知。关原一役，仙石秀久表现非凡，比将军家嫡系部队犹胜。

其子忠政继承家业，死忠幕府。若此人当真开口讨要上田，且经由利胜告知秀忠……"

信浓国已然入冬，真田信之出发的那天却很暖和，晴空万里。先行动身的家臣都到了松代城下，做好迎接信之的准备。

上任松代城主酒井忠胜调任出羽国鹤冈地区的城主，封地十四万石。

信之动身的那天将下榻屋代，次日（二十日）抵达松代。新封地没有一二百里之遥，算是不幸中的万幸。幸有小松殿生前相助，信之存下了二十万两金银备用。一换封地，这笔家财怕是保不住了。

信之明白"武将真田信之"就此烟消云散，往后的真田信之当埋首治理新封地，肩负给百姓和家臣"谋幸福"的重任。

"夫人，我怕是要再缓两年去陪你了……"

前夜，信之对着小松殿的牌位如是说道。

信之本打算坐轿去松代城，不料动身那日一早，上田城门口、城下町和街上竟然挤满了百姓。大家主动来给将要离开上田的真田信之送行。

信之听了，不觉怅然问道："此事当真？"

小川治郎右卫门答道："千真万确，是我亲眼所见。"

"好……"信之喃喃道，"好，换装！不坐轿子了，我要骑马出城！"

信之穿着茶色小袖，配以印有六文钱家纹的黑肩衣，跨上芦毛爱马"玉松"出城。牵着玉松之人，正是娶了向井佐平次之女阿春的金子虎太郎。阿春给他生下了两个男孩。

此际，阿春带着孩子们和母亲茂枝先行去了松代。

信之一出三丸的大手门，夹道相送的百姓们便放声大哭。

安房守真田昌幸、伊豆守真田信之……真田父子三十余年的善政深得民心，以致不知新城主好坏的百姓们皆是忐忑不安。

对信之的敬慕，化作阵阵哭声。大手门外，放眼望去，尽是跪坐在地，前来送行的百姓。信之微笑着向他们投去饱含慈爱的目光，缓缓而行。百姓中亦有阿江和住吉庆春的身姿，这两人将随信之搬去松代。

信之偶然瞥见阿江，不禁点了点头。阿江仍是老样子。比阿江年轻的信之都有了白发，阿江反而一头乌发，脸上的皱纹亦不明显。

那一年，真田信之五十七岁。

阿江对信之笑了一笑，露出一口白牙。

（真是个奇女子……）

有阿江跟去松代，信之安心不少。

信之一行上了街，又见到众多百姓前来道别。有抽泣的，亦有向信之合掌道谢的，其中自然有当年向信之状告马场彦四郎恶行的名主——宫下藤兵卫。

信之举起了手，向百姓们致意。

是夜，信之下榻屋代，翌日一早换乘轿子，动身前往松代。

一行人很快便抵达妻女山的山脚。昔日"川中岛合战"时，这一带曾布有上杉谦信的本阵。

新雪覆盖着信浓群山，但天空甚是晴朗，不见一片云彩。午后艳阳暖洋洋洒满川中岛盆地。

真田信之的队伍缓缓走向松代城下，犹如走进了保基谷和高远群山的怀抱之中……

余绪

九年之前，我去游览高远城的遗址，顺便去伊那谷一带玩了几天，结果竟想出了向井佐平次这个人物形象，继而创作出这部《真田太平记》来。

当时《周刊朝日》编辑部希望我尽量写长些，所以我一度打算三年后才完成这部小说，无奈读者们盛意拳拳，一下子竟持续九年之久。

感谢编辑部恩准我肆意动笔，更感谢长期负责连载插画的风间完先生。

开长期连载时，我总会注意身体。直至完结都没生病，自然是一大幸事。

连载期间，我的身体比以前更好了，但我今年（1983 年）刚好六十岁，体力无法再跟九年前相提并论。因此《真田太平记》绝对是我第一部兼最后一部长期连载小说。

九年的岁月，仿佛一场梦境。

言归正传……


就任松代城主的伊豆守真田信之得享天寿，足足活到九十三岁高龄，在松代的隐居所与世长辞。那是万治元年（1658 年）十月十七日夜半之事。

将军秀忠那时早就死了，甚至第三任将军德川家光都归天了。当政的是德川幕府第四任将军——德川家纲。

被第二任将军秀忠敬而远之的真田信之，深得第三任将军家光的青睐。

"豆州真是天下之宝。"

家光如此评价信之，甚至迟迟不批准信之隐居。谁都想不到，宽永十一年，信之长子河内守信吉因天花暴毙，让信之白发人送了黑发人。沼田由信吉之子熊之助继承，哪知熊之助不久亦告病殁。

信之没有办法，只得从沼田地区分出两万石给次子信政，让信政继任沼田城主，又分出一万石给三子信重。《真田太平记》欲避免繁杂，没提到真田信重。总之，信重亦比父亲信之先去了阴间。野史称信重力大无穷，竟可用大拇指将五寸钉按进木块，连锤子都用不着。如此看来，此人委实足以和樋口角兵卫相提并论。

明历三年，信之总算如愿隐居。他去松代城北部一里的柴村建了隐居所，自号"一当斋"。隐居之际，信之将松代的十万石让给次子信政，沼田的三万石则交给长子信吉的次子——伊贺守信利。

"可算一身轻松了……"

信之对铃木右近(这亦是位长寿之人)笑道。哪知好景不长……

明历四年，刚接班的真田信政突然中风，当年二月五日病殁，享年六十三岁。

信政和侧室生下的儿子右卫门佐当时不足一岁，仍在襁褓之中。而且，信政生前没将这孩子出生的事情上报幕府，以致这孩子无法从幕府那里取得继承信政封地的资格。

这直接导致真田家爆发了一场骚动。

执掌沼田分家的真田信利得幕府大老酒井忠清支持，欲吞并本家。真田家的家臣登时分成两派。当时，真田氏分家得幕府暗助，险些彻底控制住本家。

见状，年逾九十的一当斋（真田信之）重出江湖，跟幕府和分家斡旋。此事之来龙去脉自有《错乱》、《狮子》言明，不是《真田太平记》的叙事范围。

一番明争暗斗之后，信之告捷，本家由信之的孙子右卫门佐继承。然而，这件事总归给年逾九十的信之带来巨大打击。当年十月，信之与世长辞。

月余之后，一当斋（真田信之）葬礼举行。给信之抬棺的十六名家臣之中，赫然包括八十五岁的铃木右近忠重。

两天后的清晨，右近来到松代城郊西条村的法泉寺，切腹自尽，追随信之而去。这似乎不该算是殉死——右近和信之一心同体，信之之死，便是右近之死。真田信之跟铃木右近的这份宿缘，一如真田幸村和向井佐平次。

真田信之搬到松代之后，仍然精力旺盛，留下好几个私生子。信之死后，真田家不乏难以解决的家门骚动和非比寻常的天灾，却总是人才辈出，牢牢守住了松代的十万石封地，直至明治维新。

明治五年，新政府宣布废除松代城。当时奉旨前来从真田家手中接收该城之人，正是陆军少佐乃木希典。

围绕着真田家，我创作了大量的长篇小说和短篇小说。

三十余年前，我初次提笔写时代小说，背景便选择了真田家宝历年间的家门骚动，又让家老恩田民亲担任主角，这正是一切的开端。当时，我仔细学习了江户时代的制度、风俗、经济等各个方面，接连发现了种种素材。而且，我无数次前往信州的松代地区和上田地区，结交了一大批好友。

因着种种缘分，别所温泉三年前立石碑时，特意邀我写了"真田幸村公隐汤"这几个字。好一段愉快的回忆。

话说回来，曾经跟幸村、佐平次一同享受温泉的草者阿江之晚年如何？

我真是一无所知。

阿江无疑相当长寿，但似乎不会比真田信之活得更长。

对了，娶了昌幸和阿德之女於菊的泷川三九郎一绩的日子又如何呢？

关原之战前夜，三九郎带着真田信之的异母妹妹离去，而大坂战争后又收养了真田幸村的两个女儿——阿梅、栗子，且将阿梅嫁给伊达家重臣片仓小十郎，将栗子嫁给伊予松山城蒲生忠知的重臣蒲生乡成之子乡喜。

真田信之将泷川三九郎视作恩人，敬重有加。对妹妹於菊没给三九郎生个孩子之事，信之甚感愧疚。哪知泷川三九郎年逾五十之后，竟然跟年逾四十的妻子於菊生下一个男丁。虽是第一胎，可於菊发福的身子顺顺当当把孩子生了下来。

他们给这孩子取名丰之助。

"人生真是妙不可言……"

宠辱不惊的三九郎亦是瞠目结舌。平日念叨"断了香火亦无妨"的泷川三九郎就这样有了继承人。命运似乎又跟他开了个玩笑。

数年后，泷川三九郎以巡见使身份前往丰后（大分县）巡视幕府领地，圆满完成任务。归途中，他一时兴起，想见见嫁去蒲生家的养女栗子，便坐船渡海去了四国地区松山城下的蒲生家。

"远道而来，欢迎欢迎！"

蒲生家对他致以热情欢迎。那时，栗子都生下了两名男孩，日子和和美美。

"好……好！"

三九郎如释重负，在蒲生家过了两晚，这才回到江户。无论是对栗子还是对蒲生家，三九郎都只字不提栗子的生父幸村，而是以栗子之父自居。然而……

翌年秋天，幕府突然降罪于泷川三九郎。他的身份、俸禄和府邸一概消失。

何罪之有？

罪名一：三九郎养育了德川家敌方的幸村之女，而且将女儿嫁去蒲生家，这是对将军和幕府的大不敬。

罪名二：三九郎去年奉幕府之命去九州办公时，擅自去了伊予松山，拜访幸村之女的婆家，接受种种款待，如此公私不分，成何体统。

幕府官员宣读罪状时，泷川三九郎险些捧腹大笑，费了好一番功夫才忍住。

荒诞无稽，连气都气不起来。

（伺候如此荒唐的幕府亦是枉然，改易正合我意！）

这件事其实跟蒲生家重臣间的权力纷争有关。当时，家内重臣福西氏和关氏向幕府打了小报告，以陷害另一重臣——栗子的公公蒲生源左卫门。

"泷川三九郎暗访蒲生家，密谋达两夜之久……"

幕府竟然不经调查，直接问责。

泷川三九郎带着妻子於菊和儿子丰之助离开江户，去了京都。

真田信之岂会对他们不管不顾？

"我不会坐视三九郎大人受苦！"

他立刻派人将他们迎去京都的真田府邸，又建了栋小巧精致的别馆供他们住。三九郎一如既往，没有推辞，淡然而又欣喜地接受了信之的好意。这个人从不反抗命运，总是逆来顺受，却又不会自暴自弃。

明历元年五月二十六日傍晚，泷川三九郎对妻子於菊说道："都说人生苦短，我这辈子倒挺长的。三九郎一绩这就要化作天地间之烟尘喽……"

他就这样安详离世。作者我亦想如此了却一生，无奈到底是学不来三九郎。

三九郎死后三年，真田信之去世。於菊则于宽文六年五月十三日驾鹤西归，享年八十三岁。

话说回来，冤枉了泷川三九郎的德川幕府许是做贼心虚。於菊去世三年前，幕府突然召见三九郎之子丰之助，说道："给你三百石的俸禄，重振家门。"

丰之助无意接受。

"事情都变成这样了，简直莫名其妙，岂有此理……"

然而，母亲於菊劝道："丰之助啊，你父亲从不反抗命运的安排。就算领了俸禄，你的心也不会变。"

"是。"

"搬去江户住住也不错啊。反抗幕府又能如何？多不值啊。"

"母亲所言极是。"

"为母想在这京都安度晚年，你就放心去江户吧。"

结果，丰之助果然回到江户，出任幕臣，继承亡父名号，这才有了又一位"三九郎"——泷川一明。


读者们，《真田太平记》的故事到这里就全结束了。我这一年比往年都闲，接下来兴许会做些以前想做却没空做的事吧。总之，容我再次由衷感谢长久以来鼎力支持的各位。谢谢大家！

昭和五十八年一月

## 致读者

　　一页页翻阅下来，翻到了这一页上，相信我们大家都会忍不住微微一笑——这套"七曜文库"得以和读者见面，不单是我们编辑的一件幸事，相信亦是各位读者的一件喜事。这是一套只收录日本流行小说的文库，但凡言之有物、触人心弦的作品，不问其风格、类别，我们都乐于译介。我们爱看日本的小说，总希望这些小说被持续、稳定地引进。这是一项长远而艰巨的工作，不仅需要我们编辑的努力，更需要各位读者的批评、指教和关照。因此，我们希望听到每一位读者的意见，收到每一位读者的回馈，更希望这种互动的理念会增进我们的友谊，让出版和阅读都不再是孤光自照。

　　我国古人以"七曜"统称日、月、五星，日本则盛行七曜历法，将一周七天分别称作日曜日、月曜日、火曜日等。我们借来这个名字，无非是用以形容此间小说的类别之众、范围之广，譬如推理、奇幻、历史、都市、恐怖、冒险、言情、轻小说等，让彼此之间每天都别有一种新鲜的感觉。而"曜"字又另有"光亮"之意，所以我们又希望这些小说都可以像是天边的日月、夜际的星辰，焕发出经久的光彩，闪亮出不朽的光芒。

七曜文库　编辑部

吉林省版权局著作权合同登记 图字：07-2010-2880 号

**图书在版编目（CIP）数据**

真田太平记：全 12 册 /（日）池波正太郎著；
曹逸冰译 . — 长春：吉林出版集团有限责任公司，
2015.11
ISBN 978-7-5534-9223-0

Ⅰ.①真… Ⅱ.①池… ②曹… Ⅲ.①长篇小说—日
本—现代 Ⅳ.① I313.45

中国版本图书馆 CIP 数据核字（2015）第 262409 号

# 真田太平记

| | |
|---|---|
| 作　　者 | ［日］池波正太郎 |
| 译　　者 | 曹逸冰　等 |
| 出 品 人 | 刘丛星 |
| 创　　意 | 吉林出版集团·北京汉阅传播 |
| 责任编辑 | 齐　琳 |
| 封面设计 | 孙浩瀚 |
| 开　　本 | 880mm×1230mm　1/32 |
| 印　　张 | 255 |
| 版　　次 | 2015 年 11 月第 1 版 |
| 印　　次 | 2017 年 11 月第 2 次印刷 |

| | |
|---|---|
| 出　　版 | 吉林出版集团有限责任公司 |
| 发　　行 | 北京吉版图书有限责任公司 |
| 地　　址 | 北京市西城区椿树园 15-18 号底商 A222 |
| | 邮编：100052 |
| 电　　话 | 总编办：010-63109269 |
| | 发行部：010-63104979 |
| 官方微信 | Han-read |
| 印　　刷 | 北京航天伟业印刷有限公司 |

ISBN　978-7-5534-9223-0　　　　定价　586.00 元

版权所有　侵权必究　　　　　投稿热线：010-63109269